KB121134

평행세계 속의 먼치킨 9

2023년 10월 10일 초판 1쇄 인쇄
2023년 10월 13일 초판 1쇄 발행

지은이 운천룡
발행인 강준규

기획 이기헌 왕소현 임동관 박경무 강민구 조익현
책임편집 주현진
마케팅지원 이원선

발행처 (주)로크미디어
출판등록 2003년 3월 24일
주소 서울시 마포구 마포대로 45 일진빌딩 6층
Tel (02)3273-5135 Fax (02)3273-5134
홈페이지 rokmedia.com E-mail rokmedia@empas.com

ⓒ 운천룡, 2023

값 9,000원

ISBN 979-11-408-1139-7 (9권)
ISBN 979-11-408-0705-5 04810 (세트)

평행세계 먼치 속의 킨

운천룡 퓨전 판타지 장편소설 **9**

CONTENTS

1장

알렌 공작이 화들짝 놀라며 뒤를 돌아보니 그곳에 어색한 미소를 띠며 자신을 바라보는 네 사람이 보였다.

그들의 기운을 감지한 알렌 공작은 삼 황자의 말이 사실이라는 것을 깨달았다.

한 마리만 나타나도 나라를 멸망시킬 정도의 위기에 처하게 할 수 있는 드래곤이 무려 이곳엔 다섯 마리나 존재하고 있었다.

알렌 공작은 떨리는 눈으로 그들을 바라보다가 이내 고개를 돌려 삼 황자를 바라보며 물었다.

"저, 정말로 누구십니까? 마, 말씀해 주십시오!"

알렌 공작은 눈앞의 인물이 절대로 자신이 아는 삼 황자일

리가 없다고 생각했다.

그런 알렌 공작에게 다시 설명하려는 그때, 아더가 한발 먼저 나서서 말했다.

"그분은 신이다. 네가 알던 삼 황자는 세상에 없다. 죽은 지 오래되었거든. 신께서 그 몸을 빌려 잠시 세상에 유희를 나오신 것이다."

이미 이곳에서 그냥 신이 되기로 아더와 이야기를 해 놓은 상태였기에 시기적절한 순간에 아더가 나선 것이다.

본인 입으로 내가 신이라고 말하는 것보단 임팩트가 있지 않겠는가.

더욱이 그 말을 하는 존재가 드래곤이라면 무조건이다.

보라, 효과는 확실했다.

알렌 공작은 잠시 부들부들 떨면서 생각했다.

드래곤들을 종처럼 부리고 자신을 순식간에 회생시키는 힘, 그리고 죽음의 대지로 불리던 이곳이 생명력 넘치는 땅으로 바뀐 이유.

모든 것이 아더의 말 한마디에 이해가 된 것이다.

신이 아니고서는 절대로 할 수 없는 일들이었다.

알렌 공작은 떨리는 동공으로 영웅을 바라보더니 이내 무릎을 꿇으며 목청껏 외쳤다.

"미, 미천한 종이 위대하신 주신님을 뵈옵니다!"

알렌 공작의 눈에는 신을 만난 감동의 눈물이 연신 흘러내리고 있었다.

한편, 아더의 발언에 경악한 것은 알렌 공작뿐이 아니었다.

뒤에서 공손히 손을 모은 채 서 있던 네 마리의 드래곤 역시 눈이 찢어질 정도로 커진 채 입을 쩍 벌리며 놀라고 있었다.

사실 살짝 의심은 하고 있었지만 이렇게 실제로 들으니 그 충격이 상당했다.

네 마리의 드래곤 역시 앞다투어 달려 나와 영웅에게 경배를 올렸다.

그런 그들에게 영웅이 하얀 이를 드러내며 미소와 함께 말했다.

"앞으로 신세 좀 지자."

신세 좀 지자는 말에 하나같이 경기를 일으키며 손사래를 쳤고 모든 것을 바쳐 받들어 모시겠다고 입을 모아 외쳤다.

알렌 공작은 그리 외치며 속으로 미소를 지었다.

카쉬 제국에 대한 걱정이 싹 사라진 것이다.

'크큭! 이놈들! 우리는 신께서 기거하고 계신다! 올 테면 와 보거라!'

영웅과 만남을 끝내고 황성으로 돌아온 알렌 공작은 너무

나도 평온한 얼굴로 황제와 대면 중이었다.

"뭔가, 그 표정은! 지금 나라가 전쟁의 소용돌이에 휘말리게 생겼는데 그 평온한 표정은 뭐란 말인가!"

"아! 죄송합니다. 저도 모르게 정신을 놓았던 모양입니다."

"하아. 정신 차리게. 그래, 도대체 이게 무슨 일인가. 설명을 좀 해 보시게."

황제가 답답했는지 알렌 공작을 다그쳤다.

"일단……. 이번 전쟁의 원인인 고홈 용병단은 우리 제국 편이 된 것이 확실합니다."

"뭐? 아니, 그렇게 사신을 보내서 어르고 달래도 꿈쩍도 안 하던 놈들이 갑자기 왜? 무슨 바람이 불어서?"

"삼 황자님이 그들을 거두셨더군요."

"응? 누구? 뭐?"

황제는 잠시 멍한 표정으로 있다가 자신의 귀를 후비고는 다시 물었다.

"내가 정신이 없어서 잠시 환청이 들린 모양이네. 다시 말해 주겠나?"

"저도 처음에 그렇게 반응했었습니다. 다시 말씀드리죠. 삼 황자님께서 고홈 용병단을 휘하로 들이셨습니다. 제국이 전쟁을 하게 되면 친히 그들을 이끌고 참여하시겠다고 합니다."

"……그 말을 지금 나에게 믿으라고 하는 것인가? 아니면…… 지금 내게 장난치는 것인가?"

"제가 감히 어찌 폐하께 거짓을 고하겠습니까? 신이 말씀드린 것은 모두 명백한 사실이옵니다."

너무도 확고한 표정으로 대답하는 알렌 공작을 보니 거짓으로 보이진 않았다.

"정말이라고? 그 아이가 그런 재능이 있었나?"

"그런 재능 정도가 아닙니다. 그분께서 말씀하셨습니다. 제국에 전쟁은 없을 것이라고 말입니다."

"허……. 자네 왜 이러는 것인가? 안 되겠네. 나중에 다시 이야기하세."

"제 말을 믿지 않으시는군요."

"자네라면 믿겠는가? 말이 되는 소릴 해야 할 것이 아닌가!"

알렌 공작은 황제의 반응을 충분히 이해했다.

자신도 그랬으니까.

아니 심지어 기적을 목격하고도 믿기지 않아서 계속 확인하지 않았던가.

그러니 황제는 더 믿을 수 없을 것이다.

"폐하께서 제 말을 믿지 못하는 것은 충분히 이해합니다. 저 역시 그랬으니까요."

"되었네! 당장 물러가게!"

"알겠습니다. 신은 그럼 이만 물러가겠습니다."

알렌 공작이 천천히 뒷걸음질로 방을 나가자 황제가 큰 소리로 시종에게 말했다.

"당장 란티드 후작을 들라 하여라!"

알렌 공작의 상태가 좋지 않은 것 같으니 일단은 쉬게 하고 후작과 상의할 생각이었다.

하지만 황제는 후작과의 대면에서 다시 황당한 표정을 짓게 되었다.

"뭐라고?"

"삼 황자님께서 전쟁을 멈추게 하신다고 하셨으면 기다리시면 됩니다. 그분께서 그러시겠다고 했으니 제국에 전쟁은 없을 것입니다."

"허……. 자네들 단체로 왜 이러나? 단체로 미친 건가?"

공작의 상태가 좋지 않아 보여서 후작을 불렀는데 후작 역시 삼 황자를 무슨 신처럼 이야기하는 것이 아닌가.

황제는 이 둘의 연관성이 무엇인가 생각하다가 두 사람 다 벨리 마운틴에 가서 삼 황자를 만나고 온 자들이라는 것을 깨달았다.

'무언가 있군.'

황제는 벨리 마운틴에 무언가가 있다는 것을 깨달았다.

'직접 확인을 해야겠어. 제국에 무슨 일이 벌어지고 있는지 말이야.'

황제는 란티드 후작이 떠드는 소리를 들으며 벨리 마운틴 성에 반드시 가 봐야겠다고 결심했다.

⁂

벨리 마운틴 성으로 자쿠와 아크라가 다급하게 달려가고 있었다.

그들은 성에 들어서자마자 영웅이 있는 방으로 향했다.

"다, 답장이 왔습니다!"

이들의 말에 영웅이 들고 있던 찻잔을 내려놓으며 물었다.

"무슨 답장?"

"마, 마계에 보낸 보고서에 대한 답장 말입니다!"

"아! 그거. 뭐라고 왔어? 언제 공격하겠대?"

영웅은 드디어 이 지겨운 곳에서 벗어날 수 있다는 생각에 초롱초롱한 눈빛으로 물었다.

그 모습은 자신이 원하던 장난감이 어서 빨리 오기를 바라는 눈빛이었다.

자쿠와 아크라는 영웅의 환한 표정을 보며 침을 꿀꺽 삼켰다.

마계에서 공격을 시작한다는 답장이 왔는데 그 소식에 저리 기뻐하다니.

잠시 마계에서 올 마족들의 명복을 빌었다.

"다, 다음 달에 두 개의 달이 완전한 모습이 될 때 침공을 시작한다는 전갈입니다."

"그게 언제야?"

"대략 한 달 정도 남았습니다."

"그렇게나 오래 걸려? 하아. 또 한 달을 기다려야 하나?"

영웅은 지겨운 표정으로 다시 자리에 앉았다.

이렇게 지겨워하는 이유가 있었다.

이곳에서는 다른 곳과 다르게 여행을 떠나지 않았다.

일단 위생 상태가 상상을 초월할 정도로 좋지 못했고 어딜 가나 풍겨 오는 악취와 맛없는 음식의 상태가 돌아다니고 싶은 욕구를 산산조각 내 버렸다.

그 후로는 어서 빨리 여기 일을 해결하고 돌아가고 싶다는 마음뿐이었다.

문제는 영웅이 떠나면 이 성에 기거하는 사람들이 전처럼 이곳의 음식에 적응하며 살아갈 수 있을지가 문제였다.

현재 성에서 제공되는 모든 음식은 전부 영웅이 현세에서 가져온 재료들과 레시피들이었다.

식사 시간이 가장 기다려진다고 외칠 정도로 자신들이 지금까지 먹어 오던 음식과는 차원이 달랐다.

과연 천상의 음식이라 다르다며, 다들 먹기 전에 영웅을 향해 감사의 기도를 올리고 먹고는 했다.

심지어 이 음식 때문에 영웅에 대한 신앙이 급속도로 높아진 것도 있었다.

드래곤들 역시 영웅이 해 주는 음식에 반해 그 음식을 먹기 위해서라면 뭐든 할 준비가 되어 있었다.

가장 무서워하는 말이 말 안 들으면 맛있는 것을 안 해 준다는 말이었다.

영웅이 하는 말은 무조건 실행하는 충실한 종이 되는 것은 당연한 일이었다.

"고생했다. 자, 상이다."

영웅은 자쿠와 아크라에게 라면 봉지를 던져 주었다.

그것은 불타는 닭이 그려져 있는 아주 매운 라면이었다.

"헉! 이, 이 귀한 것을……."

"가, 감사합니다! 앞으로도 충심으로 모시겠습니다!"

그들은 눈물까지 글썽이며 영웅이 건네준 라면에서 시선을 떼지 못하고 있었다.

그 모습이 귀여웠던지 영웅은 피식 웃으며 말했다.

"어서 가서 맛있게 먹어라."

"충!"

영웅의 말이 끝나기가 무섭게 재빨리 외친 후 라면을 소중하게 안아 들고 다급하게 나가는 둘이었다.

마족들은 다른 음식들도 좋아했지만, 특히 저 매운 라면에 환장했다.

오죽했으면 자쿠가 이 라면으로 유혹하면 마계 정복도 가능하다고 했을까.

영웅은 매운 라면에 환장하는 자쿠와 아크라를 바라보며 재미난 상상을 하고 있었다.

'정말로 한번 해 봐?'

발칙한 상상.

저들의 말대로 저 매운 라면으로 마계의 마족을 꼬실 수 있는지 테스트하고 싶어졌다.

문제는 마족을 소환해야 한다는 것이었다.

영웅은 그 문제에 대해 가장 잘 아는 사람을 불렀다.

바로 흑마법사, 레이어였다.

레이어는 매운 라면을 보더니 고개를 끄덕이며 영웅에게 말했다.

"아, 이 맛은 마족들이 환장하는 맛입니다. 문제는 이것이 마계에서 구하기 힘든 조미료라는 것이지요. 귀족 중에서도 상위 귀족들만 아주 가끔 맛볼 수 있는 미식입니다. 그런데 거기에 여러 가지 황홀한 맛들이 섞여 조화를 이루니 환장을 할 수밖에요."

"그럼 정말로 꼬드기는 것이 가능할까?"

영웅의 질문에 레이어가 난감한 표정을 지었다.

"그, 글쎄요. 그것은 저도 잘 모르겠습니다. 인간처럼 마족들도 각자 입맛이 있어서……."

"그럼 확인해 보자."

"네? 어, 어떻게요?"

"소환해. 마족 몇 놈만."

"네?"

레이어가 황당한 표정으로 영웅을 바라보았다.

이 세상에서 마족을 소환하는 의식은 절대로 해서는 안 되는 행위였다.

만약 하다가 걸리면 이 세상에서는 더는 살아갈 수 없는 존재가 된다.

모든 대륙에서 생사 불문의 현상금을 걸 테니까 말이다.

그런데 그 금지된 의식을 지금 하라고 지시하고 있다.

"저, 정말로 합니까?"

"응, 해 봐. 너도 소환하려고 엄청나게 애썼다며. 장소 찾기도 힘들었다고. 자! 지금이야. 너의 한을 풀 기회를 줄게. 양껏 소환해 봐."

대놓고 해 보라고 등 떠미니까 오히려 불안한 레이어였다.

그런 레이어의 표정을 본 영웅이 눈을 게슴츠레하게 뜨며 말했다.

"왜? 너는 내가 제공해 주는 음식이 별론가 보지? 먹기 싫다면 뭐. 너는 밖에서 하는 음식으로 줄게."

그 말에 레이어가 펄쩍 뛰며 말했다.

"아, 아닙니다! 어, 어찌하면 한 놈이라도 더 소환할 수 있을까 고민하고 있었습니다! 저, 정말입니다!"

"오! 그래? 양껏 소환해 봐! 성공하면 불고기를 배불리 먹게 해 주지."

"부, 불고기!"

불고기라는 말에 레이어의 눈이 돌아갔다.

"마, 맡겨만 주십시오!"

마족이 아니라 마왕이라도 소환할 기세로 자신의 연구실로 달려가는 레이어였다.

✦

"크크큭! 네놈이 나를 소환한 인간인가?"

레이어가 만들어 놓은 소환진에서 튀어나온 회색빛의 피부를 가진 마족이 레이어를 보며 즐거운 표정으로 물었다.

"흐읍! 캬아! 역시 인간 세상의 공기는 마계와는 다르군. 정말로 상쾌해."

레이어가 대답을 하든 말든 상관하지 않고 자기 할 말만 하는 마족에게, 레이어는 조심스럽게 무언가를 마족에게 건넸다.

"이게 무엇이냐?"

"인간 세계에 오신 것을 환영하는 의미로 인간들이 먹는 음식을 대접하는 것입니다."

"크크큭. 인간들의 풍습이 그런 것인가? 재밌는 풍습이군.

좋다! 먹어 주지."

마족은 아무런 의심도 없이 레이어가 건넨 음식을 받아 들고는 포크로 면을 돌돌 말아 올려 입으로 가져갔다.

오물오물—!

마족 중에서도 귀족 계급이었는지 고상하게 음식을 음미하며 천천히 씹었다.

그러다가 눈이 번쩍 떠지더니 황홀한 표정을 짓는 마족이었다.

몽롱한 눈빛을 보이다가 이내 정신을 차리고 자신의 손에 들려 있는 접시 속의 음식을 바라보았다.

"이, 인간이여! 이, 이것은 무슨 음식인가?"

"불지옥 볶음면이라는 음식입니다."

"오오! 과연 이 음식에 꼭 맞는 이름이다! 이런 불지옥 같은 맛이라니! 최고다! 크하하하하! 내가 지금까지 살면서 먹어 본 음식 중에서 최고의 음식이다! 인간이여! 나를 감동시키기 위해 준비한 것이라면 성공이다! 내가 해 줄 수 있는 한도 내에서 그대가 원하는 모든 것을 들어주지! 크크크!"

마족의 말에 레이어는 준비된 멘트를 그에게 날렸다.

"그럼 인간들의 편에 서서 훗날에 있을 마계와의 전쟁에 참여해 주십시오."

"뭐라? 미친 것이냐? 후루룩."

분노한 표정은 지었지만, 손은 바쁘게 접시 위에 있는 면을 들어 올리기 바빴다.

건방진 말을 한 인간을 혼내야 하는데 생각과 달리 몸은 연신 손에 들려 있는 면을 원하고 있었다.

"인간 편에 서신다면 매끼 그 음식과 그 음식보다 더 뛰어난 음식을 대접하겠습니다."

"닥쳐라! 후루룩! 어디서……. 오물오물. 그런 거로 나를 꼬드기려 하는 것이냐! 꿀꺽!"

"정말입니다. 지금 대접해 드린 음식은 앞으로 드실 음식에 비하면 맛있는 것도 아닙니다."

레이어의 말에 마족은 순간 움찔했다.

이것보다 더 맛있는 음식은 존재할 리가 없었다.

"우, 웃기지 마라! 보아하니 이것은 인간계에서 만들 수 있는 음식 중 최상에 속하는 것 같은데 이런 거로 내가 그런 말도 안 되는 계약을 할 것 같으냐!"

"정말입니다. 믿지를 않으시는군요."

"흥! 네놈의 말이 사실이든 아니든 상관없다. 내가 직접 확인하면 되니까. 바로 네놈을 내 종속으로 만들면 되는 일인데 뭣 하러 내가 그런 어이없는 조건을 받아들여야 하느냐. 크크큭. 이리 오너라!"

쨍그랑—!

다 먹은 접시를 바닥에 던진 마족은 레이어를 향해 손을 뻗으며 사악하게 웃었다.

"네놈 덕에 인생 음식을 찾았으니 그만큼의 대접은 해 주겠다. 아니, 나에게 종속되는 것이 오히려 더 행복할지도 모르지. 크크크."

마족의 손에서 검은 기운이 흘러나오며 레이어의 머리를 잡으려고 움직이는 순간 뒤에서 목소리가 들려왔다.

"아, 안 되네. 역시 너무 쉽게 생각했나?"

아무도 없는 줄 알았는데 갑자기 들려오는 목소리에 화들짝 놀라 뒤를 돌아보는 마족이었다.

그곳에는 영웅이 뒷머리를 긁적이며 중얼거리고 있었다.

"너, 넌 뭐냐!"

"아, 왜 이렇게 목소리가 울리냐?"

영웅의 물음에 레이어가 재빨리 대답했다.

"소환이 완전하지 않기 때문입니다."

"완전하게 만들어. 울리니까 더 짜증 난다."

"그, 그건 저 마족이 나오겠다고 마음을 먹어야 가능합니다. 제가 할 수 있는 것은 인간계로 오는 통로를 열어 주는 일밖에 없습니다."

"아, 그래?"

영웅은 고개를 끄덕이며 자신을 바라보는 마족을 보았다.

"크크. 또 다른 제물인가? 나야 제물이 많으면 많을수록 좋……. 꾸에엑!"

쿠당탕탕—!

"아, 새끼가 말 더럽게 많네, 진짜. 이제 밖으로 나온 거지?"

영웅은 흐물거리는 마족의 잔상에 주먹을 날렸고 그 잔상은 커다란 충격을 받으며 밖으로 튕겨 나갔다.

바닥에서 꿈틀거리는 마족을 가리키며 묻자 레이어가 고개를 격하게 끄덕이며 대답했다.

"네! 마, 맞습니다! 이제 완전하게 인간계로 소환되었습니다!"

그 말에 고개를 끄덕인 영웅은 꿈틀거리는 마족에게 걸어갔다.

"야야, 정신 좀 차려 봐. 뭐 이렇게 약해. 아주 살짝 건드렸고만."

짝짝짝–!

영웅은 해롱해롱하는 마족의 뺨을 이쪽저쪽 번갈아 가며 때렸다.

그 충격에 정신이 어느 정도 돌아왔는지 고개를 흔들고는 영웅을 바라보는 마족이었다.

"크윽! 인간! 내가 누군지 알고 건방지게 기습을 하는 것이냐!"

"마족. 아냐? 톡 건드렸는데 한 방에 날아간 약골 마족."

"뭐야? 이놈! 죽어라! 데스 핑거!"

스아악–!

마족의 손톱이 순식간에 길어지더니 영웅의 얼굴을 향해 순식간에 휘둘러졌다.

까강-!

"커헉!"

자기 생각과는 달리 잘려 나가지 않고 단단한 무언가에 부딪힌 충격이 손톱을 따라 몸으로 전해지고 있었다.

본인은 손톱이 떨어져 나가는 고통이 느껴지는데 정작 그 공격에 맞은 당사자는 멀쩡한 모습으로 자신을 바라보고 있었다.

분명히 손톱이 얼굴을 가격하는 것을 보았는데 그 얼굴을 뚫지 못하고 튕겨 나가니 기가 막힐 노릇이었다.

"뭐, 뭐냐! 인간!"

마족이 당황함에 뒷걸음질을 치며 거리를 벌렸다.

"뭐긴. 네 말처럼 인간이지, 평범한 인간."

"마, 말도 안 되는 소리 하지 마라! 네가 어찌 평범한 인간이란 말이냐!"

"안 믿네. 레이어, 나 평범한 인간 맞지?"

영웅의 질문에 레이어가 심하게 떨리는 동공으로 시선을 피하며 간신히 대답했다.

"그, 그렇습니다!"

그 모습에 마족이 발끈하며 소리쳤다.

"뻥치지 마! 눈도 못 마주치며 말하잖아! 저 모습은 누가 봐도 거짓말하는 모습이잖아!"

"마족이라서 속고만 살았나. 왜 이렇게 안 믿어."

"이익! 네놈이 평범한 인간이 아니라는 것을 알았으니 전력을 다해 주지! 헬 블레이드 크로!"

슈가가가가가각-!

마족의 손이 보이지도 않을 정도로 빠르게 움직이며 사방에 엄청난 기운을 뿌려 대기 시작했다.

그 기운이 지나간 곳은 그게 무엇이 되었든 갈기갈기 찢어졌고 산산조각이 났다.

단단한 바위도 두부처럼 잘라 버리고 그곳에 있는 모든 것을 파괴하는 기술이건만 단 하나, 영웅에게는 전혀 피해를 주지 못하고 있었다.

까가가가가강-!

휘두르고 또 휘둘렀음에도 영웅의 옷만 찢어질 뿐 그에게 상처 하나 입히지 못하고 있었다.

심지어 영웅은 팔짱을 낀 채로 그 공격을 고스란히 맞고 있었다.

그의 표정은 언제까지 하나 보자는 표정이었다.

그것이 마족의 자존심을 더 상하게 했다.

"으아아아아악! 죽어! 죽으라고! 죽어!"

인간을 상대로 고전하는 것도 쪽팔리는데 전혀 타격조차 입히지 못하고 있으니 미치고 환장할 노릇이었다.

"헉헉헉!"

결국 지친 마족이 거친 숨을 몰아쉬며 영웅을 바라보았다.

때리다가 지친 경험은 또 처음이었다.

아니, 그것을 때린 것이라고 할 수 있을까?

마족은 경악한 표정으로 영웅을 바라보며 물었다.

"너, 너는 저, 절대로 인간이 아니다. 괴, 괴물……. 마, 마계에도 너 같은 괴물은……. 존재하지 않는다. 헉헉!"

마족은 그리 말하며 자신이 소환되었던 소환진을 힐끔힐끔 바라보았다.

기회만 생기면 저 소환진을 통해 마계로 도망을 치기 위함이었다.

"왜? 저거 타고 마계로 도망가게?"

하지만 영웅의 눈치는 백 단이었다.

"허락해 줄게."

"저, 정말인가?"

영웅의 말에 마족이 반색하며 물었다.

"그럼! 정말이지. 다만, 내 부탁을 들어준다는 조건에 말이지."

"오오! 말하라! 내 들어줄 수 있는 것은 무엇이든 들어주겠다! 하지만 내 능력 밖의 일이라면 나는 들어줄 수 없다."

의외로 솔직한 놈이었다.

"괜찮아. 네가 들어줄 수 있는 부탁이니까. 가서 너와 같은 마족 세 놈만 더 데려와."

"뭐?"

"너와 같은 마족 세 명만 더 데려오라고."

"그, 그게 무슨?"

"데려오면 아까 먹은 음식 있지? 그것보다 더 맛있는 걸 먹여 주지."

영웅의 말에 마족은 자신이 처한 상황도 잊은 채 침을 꿀꺽 삼켰다.

아까 먹었던 그 환상의 음식이 다시 떠오른 탓이었다.

생각해 보니 자신이 손해를 보는 조건이 아니었다.

어차피 마계란 약육강식이고 속은 놈이 바보인 세상이다.

'크큭. 좋아. 저 인간에게 음식을 얻어먹고 데려온 놈들과 연합해서 저놈을 치면 되겠군.'

마족은 그리 생각하며 자기도 모르게 미소를 지었다.

"좋다! 인간! 너의 부탁을 들어주지!"

마족의 말에 영웅이 손을 내밀었다.

"그럼 약속의 악수."

"크큭. 좋다."

마족은 기뻐하며 악수를 했고 소환진을 통해 다시 마계로 돌아갔다.

그가 돌아가자 구석에 있던 레이어가 조심스럽게 다가와 물었다.

"마, 마족은 언제든 마음을 바꾸고 배신하는 종족입니다. 저자도 주군의 요청을 무시하고 마왕에게 달려가 주군의 존재를 고할지도 모릅니다."

레이어가 걱정 가득한 목소리로 말하자 영웅이 미소를 지으며 말했다.

"아아, 그거? 걱정하지 마. 내가 왜 악수를 했는데?"

"네? 그게 무슨 말씀이신지?"

"악수하면서 내 기운을 살짝 집어넣어 놨어. 아마 나를 배신하겠다고 생각하는 순간 진짜 지옥이 무엇인지 알게 될 거야."

그 순간 레이어는 온몸에 소름이 돋았다. 자신도 경험해 보지 않았던가. 그 엄청난 고통을 말이다.

모르긴 몰라도 마족에게 남긴 기운은 자신이 당했던 것보다 더 지독하면 지독했지 약하진 않을 것이다.

자신의 눈앞에 있는 남자는 진정한 악마였다.

자신의 기운을 심어 놓았다는 말에 레이어가 침을 꿀꺽 삼키고는 마족이 사라진 소환진을 바라보았다.

그러다가 무언가 생각이 났는지 영웅에게 물었다.

"그런데 그 기운이 주군께서 심어 둔 것임을 아까 그 마족은 모르지 않습니까? 그 이상한 기운에 신경 쓰느라 주군께서 요청하신 일에는 신경을 쓰지 못할 텐데요."

"응. 심상이라는 것을 심어 놓았어. 배신하겠다고 마음을 먹거나 다른 생각을 하는 순간 내가 숨겨 둔 심상이 그놈에게 경고할 거야. 내 말을 따르지 않는다면 그 고통이 평생 끊임없이 지속될 것이라고. 그리고 아까 그놈 눈빛을 보니 이미 나를 배신하겠다는 마음을 먹은 것처럼 보이던데 뭐."

"네? 저, 저는 못 느꼈는데요?"

"아냐, 그놈은 내 부탁을 들어주기 위해 순순히 허락한 게 아니야. 자기를 도울 또 다른 마족을 데리러 간 것이겠지. 모르긴 몰라도 지금쯤 고통에 몸부림치고 있을걸."

레이어는 순간 소름이 돋았다.

자신의 모든 행동이 전부 영웅의 계산하에 있었다는 사실을 안다면 마족은 어떤 표정을 지을까.

"그런데 어찌 다른 마족을 데리고 오라고 하셨습니까? 그것도 셋이나요."

"아, 그거? 이제 곧 마계와 전쟁이 시작될 거 아냐. 물론, 내가 최대한 짧은 시간에 처리하겠지만 혹시 모를 불상사가 있을 거야. 저들을 막기 위해 사람들이 피해를 입는다거나 하는 일들 말이지. 그 일을 맡길 예정이야."

"하지만 겨우 넷으로……. 아니 자쿠 님과 아크라 님까지 한다 해도 여섯인데 그걸로는 턱없이 부족합니다."

레이어의 말에 영웅이 미소를 지으며 레이어에게 말했다.

"레이어, 다단계라고 알아?"

처음 들어 보는 단어였다.

"아니요. 모릅니다."

"그런 것이 있어. 자, 방금 그 마족 놈이 세 명을 데리고 올 거야. 그럼 그 세 놈은 또 세 놈씩 데리고 와야지. 그 세 놈은 또 세 놈씩 데려와야 하고 그러다 보면 순식간에 이곳 은 마족 천지가 되겠지. 안 데려오겠다며 반항한다? 그럼 뭐 짜릿한 고통을 안겨 줘야겠지? 하겠다고 할 때까지."

영웅의 엄청난 말에 레이어는 정신없이 수를 세고 있었다.

말도 안 되는 방법이지만 저것이 통한다면 엄청난 병력을 만들 수 있었다.

마계와의 전쟁에서 마족을 이용한다는 발상은 레이어로서 는 감히 상상조차 하지 못했던 발상이었다.

아무나 할 수 없는 일이다.

오로지 세상에서 영웅만이 가능한 일이었다.

소환진을 바라보는 영웅을 보며 레이어는 저 사람이 자신 의 주군이라는 것에 안도의 한숨을 쉬었다.

'대마왕, 아니 대마신이 온다 해도 주군을 어쩌지 못할 것 이다. 주군을 선택한 것은 내 인생에서 가장 훌륭한 선택이 었다.'

거대한 해골 모양의 건축물이 위풍당당하게 서 있는 이곳은 바로 마계였다.

　마계의 환경은 인간계의 푸른 환경과 전혀 다른 모습을 보였다.

　평균기온이 높아서 덥고 하늘은 불그스름했으며, 그 때문에 세상 자체가 붉은 색채를 강하게 띠고 있었다.

　식물들 역시 그런 영향을 받았는지 인간계에 있는 식물들처럼 녹색의 빛깔이 아닌 주황빛을 보였다.

　얼핏 보면 핏빛으로 뒤덮인 것으로 보이는 세상이었다.

　물론 단지 환경이 그렇게 보이는 것이지, 생물이 살아가고 먹을 것도 풍부한 세상이다.

　다만, 인간세계와 달리 맛이 없을 뿐이었다.

　그런 마계에 하나의 음식이 흘러 들어왔고 그것은 마계 전체를 뒤흔들고 말았다.

　태어나서 처음 맛보는 환상적인 맛에 마계에 사는 모든 종족이 환장하며 날뛰기 시작했다.

　제공되는 음식은 정해져 있는데 그것을 원하는 마족은 많으니 언제나 그 음식이 등장하는 곳에선 커다란 소동이 일어났다.

　그러던 중에 그 음식은 인간계를 침공하기 위해 대기하고 있던 마왕군에도 전해졌고, 마왕군 안에서 그 음식을 차지하기 위해 엄청난 난리가 나고 말았다.

　그 덕에 인간계를 향해 착실하게 공격을 준비하던 마왕군은 엄청난 타격을 받았고, 그 소식은 마왕에게 전해졌다.

"뭐? 그게 무슨 소리야? 음식 때문에 군대가 개판이 되었다니?"

"이, 인간계에서 넘어온 음식 하나로 인해 온 마계가 지금 난리입니다. 마왕님."

"그게 말이 된다고 생각해? 애초에 인간들이 먹는 음식은 우리 입맛에 맞지도 않는데, 인간들이 먹는 음식 때문에 난리가 났다는 말을 나더러 믿으라고?"

"저, 정말입니다. 이, 이름이 그……. 맞다! 불지옥 볶음면이라고 했습니다!"

"불지옥 볶음면? 이름은 그럴싸한데?"

"악마의 혓바닥이 듬뿍 들어갔는데 그 자극이 악마의 혓바닥과는 비교도 안 될 정도로 짜릿하다고 합니다. 짜릿할 뿐 아니라 맛도 환상적이어서 한번 맛본 마족은 그것의 노예가 될 정도라고 합니다."

"허! 악마의 혓바닥이라니. 그 구하기 힘든 것을 잔뜩 집어넣은 음식이라고?"

마왕은 자신도 모르게 침을 꿀꺽 삼켰다.

사실 마족은 인간계의 음식을 탐하지 않았다. 입에 맞지 않았기 때문이다.

인간들이 먹는 음식이 입에 맞지 않았던 이유는 바로 인간 세상에 존재하는 요리가 진심 맛이 하나도 없었기 때문이었다.

　이곳 세상은 고기를 주식으로 먹었는데 고기 손질을 제대로 하지 않았는지 냄새가 역하고 질겼다.

　심지어 소금이 귀해서 제대로 된 간도 하지 않아 싱겁고 맛이 하나도 없었다.

　마족들은 대부분 미식가들이다. 그런 이들에게 이런 음식이 먹힐 리가 없었다.

　그나마 마계의 음식은 심하진 않지만, 자극이 있었다.

　그중에서 가장 인기 있는 조미료가 바로 악마의 혓바닥이라 불리는 식물, 바로 고추였다.

　하지만 구하기가 힘들어, 구하더라도 소량만 뿌려서 살짝 자극만 되게 하는 수준으로 먹으며 아끼고 또 아꼈다.

　그나마도 맵기가 약했다.

　그럼에도 악마의 혓바닥이 주는 자극은 마족에겐 최고의 맛이었다.

　매운 것을 좋아하는 마족에게 악마의 혓바닥을 듬뿍 넣은 것도 모자라서 혀가 얼얼할 정도의 자극을 주는 불지옥 볶음면은 그야말로 그들에게 내려진 최고의 선물이었을 것이다.

　마왕은 입맛을 다시며 보고를 올리는 시종에게 말했다.

　"구해 와."

　"네?"

　"당장 구해 오라고. 무슨 수를 써서든 구해 와. 내가 직접

맛을 보고 평가하겠다."

"아, 알겠습니다!"

마왕이 시뻘겋게 변한 눈으로 살기를 풀풀 날리며 말하자, 시종이 덜덜 떨며 다급하게 대답하고는 서둘러 나갔다.

마왕은 입맛을 다시며 시종이 어서 그 음식을 가져오기만을 기다렸다.

"이것입니다! 마왕님!"

하루가 지났을까? 마왕의 명을 받은 시종은 온몸이 상처투성이가 된 채 소문의 그 음식을 은 쟁반에 담아서 들고 들어왔다.

"자네 몸은 왜 그런 건가?"

"이 음식을 차지하기 위한 전투가 좀 있었습니다."

"허어. 그런데도 음식의 상태가 좋군."

"아닙니다. 그 음식은 특이하게 밀봉이 되어 있고 그것을 뜯어 안에 있는 내용물을 다시 조리해야만 하는 음식입니다. 그 밀봉된 상태를 얻기 위해 전투가 있었습니다."

"아, 그런가? 그럼 지금 마계가 난리가 난 것도 바로 그 밀봉된 그것 때문인가?"

"그렇습니다. 그것을 얻기 위해 온 마계가 난리입니다."

"흠……. 킁킁."

마왕은 일단 음식을 먼저 먹고 이야기를 해야겠다고 생각했고 먼저 냄새를 맡았다.

매운 향이 코를 자극하자 알 수 없는 쾌감이 느껴졌다.

"크오! 냄새만으로 이 정도라니. 애들이 왜 환장하는지 알 것도 같구나!"

마왕의 눈에는 기대감이 넘쳐흐르고 있었다.

더는 기다릴 수가 없었는지 재빨리 포크에 돌돌 말아서 입으로 가져가는 마왕이었다.

오물오물오물-! 꿀꺽-!

입에서 한참을 씹더니 삼키고 눈을 감은 채 그대로 멈춰버린 마왕이었다.

그의 눈에선 한 방울의 눈물이 맺혔고 떨리는 목소리와 함께 입이 열렸다.

"이, 이럴 수가……. 이, 이런 맛이라니……. 이런 감정이 감동이라는 건가? 이런 환상적인 맛이 존재하다니, 믿을 수가 없군. 세상에……."

그의 입에선 연신 감탄사가 튀어나왔다.

음식 때문에 감동해서 눈물을 흘리는 날이 올 줄이야.

이제야 마왕은 확실하게 깨달았다.

왜 온 마계가 난리가 났는지.

자신이라도 이 음식을 위해서라면 눈앞의 경쟁자들을 모

조리 압살하고서라도 차지하려고 했을 것이다.

"불지옥 같은 맛이 맞아. 이름도 잘 지었군, 잘 지었어."

마왕은 흡족하다 못해 황홀한 모습을 보였다.

후루룩- 후루룩-!

그 후로 마왕은 아무런 말 없이 불지옥 볶음면을 음미해 가며 먹었다.

거대한 덩치를 자랑하는 마왕에게는 턱없이 적은 양이었 기에 음식은 순식간에 사라졌다.

너무도 아쉬웠다.

이 음식을 양껏 먹고 싶다.

마왕은 빈 접시를 바라보며 눈빛을 불태웠다.

"이것이 인간 세상에서 넘어온 것이라고?"

"그, 그렇습니다!"

"인간 세상에선 이것을 많이 먹는가?"

"그렇진 않고 한 장소에서만 얻을 수가 있다고 합니다."

"그곳이 어디냐."

"벨리 마운틴 성이라는 장소입니다."

"그곳의 좌표를 알아 와라. 내 직접 그곳으로 갈 것이다."

"사실 그곳으로 가는 방법이 있습니다."

"호오, 그래? 무슨 방법인가?"

"이 음식을 얻기 위해선 벨리 마운틴과 연결된 소환진을 통 해 넘어가시면 됩니다. 다들 말은 안 하지만 그곳에서 모종의 거래를 하고 불지옥 볶음면을 받아 오는 것으로 보입니다."

"그래? 크크크. 좋다. 내 직접 그곳으로 가지."

마왕은 이 음식을 얻을 방법이 있다는 사실에 기뻐하며 곧바로 자리에서 일어났다.

"지, 직접 가려고 하시는 겁니까?"

"그렇다. 내 더는 기다릴 수가 없구나. 몸이 원한다. 이 환상적인 음식을 말이다. 그것을 위해서라면 뭐든지 할 수 있을 것 같다."

시종은 말로는 말릴 수 없음을 깨달았다.

"그럼 마왕군에게 인간계 공격 준비를 하라고 명령을 내리시지요."

"응? 그건 왜?"

"마왕님이 직접 인간계로 강림하시는 겁니다. 그 기운을 신성 제국 놈들이 느끼지 못할 것이라고 생각하시는 것은 아니시겠지요?"

"흠, 하긴 그렇군. 그놈들이라면 내 기운을 곧바로 알아차리겠지."

"그뿐 아니라 드래곤들 역시 마왕님의 강림을 눈치채고 움직이기 시작할 것입니다."

"그딴 도마뱀들 따위는 내 상대가 안 돼."

"그래도 여럿이 모인 드래곤을 혼자서 상대하기가 까다로운 것은 사실이지 않습니까."

"까다로운 이유는 그놈들을 모조리 죽이면 신계에서 간섭하니까 그러는 거지. 죽이지 않고 제압하는 것 때문에 까다로울 뿐이다."

마왕의 힘은 드래곤을 아득히 능가하고 있었다.

"그러니 마왕군이 언제든 출정할 수 있게 준비를 먼저 하고 가시는 것이 어떻습니까?"

"그래. 그럼 준비하고 있으라고 해. 내가 신호를 보내면 언제든지 출정할 수 있도록."

"알겠습니다!"

"그 전에 그 소환진이 어딘지 말해 주고 가."

시종이 소환진의 위치를 설명해 주자, 그 즉시 텔레포트를 이용해 사라지는 마왕이었다.

남겨진 시종은 한숨을 쉬며 나직하게 중얼거렸다.

"일이 꼬이는구나. 설마하니 인간 놈들의 음식 때문에 이 사달이 날 줄이야……. 그런데 그게 정말로 그렇게 맛있나?"

일단 대업을 완수하고 자신도 그 음식을 맛보겠다고 다짐하는 시종이었다.

　　　　　　　　　　　⌣⌣

시종에게 전달받은 장소로 이동하니 핫 플레이스답게 수많은 마족이 줄지어 서 있었다.

그들의 손에는 무언가가 적혀 있었는데 자세히 보니 숫자였다. 마왕은 조용히 맨 뒤에 있는 마족에게 다가가 물었다.

"그 손에 적혀 있는 숫자는 뭐냐?"

"아, 이거? 대기 순서를 적은 거지."

"대기 순서?"

"아, 불지옥 볶음면의 수량이 정해져 있어서 이렇게 대기 순서를 받고 기다리는 거지. 자네는 처음인가 보군."

"그렇군."

마왕은 그 말을 듣고 대충 고개를 끄덕이고는 제일 앞으로 걸어갔다.

줄의 길이가 얼마나 긴지 한참을 걸어가야만 했다.

마왕은 제일 앞에서 사람들을 안내하는 마족을 보고는 그에게 다가갔다.

마왕이 앞으로 나서자 안내를 하던 마족이 그에게 손을 펼치라는 시늉을 하며 펜을 들었다.

손에 대기 숫자를 적어 주겠다는 의미 같았다.

마왕은 고개를 저었다.

그리고 손가락으로 소환진은 가리키며 말했다.

"나는 그딴 숫자에 관심이 없다. 저 소환진에 관심이 있을 뿐이지."

마왕의 말에 안내하던 마족뿐 아니라 길게 줄을 서서 기다리던 모든 마족이 단체로 분노했다.

"뭐라는 거야! 죽고 싶어?"

"온몸을 갈기갈기 찢어 버리기 전에 뒤로 안 꺼져?"

사방에서 살기가 넘실거렸고 그 살기를 정면으로 맞으며 웃는 마왕이었다.

"크크크크. 살기들이 진득하니 아주 맛있구나. 그런데……. 내가 누군 줄 알고 이렇게 살기를 날리는 것이지?"

마왕은 자신에게 살기를 날리는 자들에게 진정한 살기가 무엇인지를 보여 주기 시작했다. 마왕의 살기가 얼마나 진하고 강한지 살기가 유형화되어 넘실거렸다.

마치 검은 날개가 펼쳐진 것 같은 모습이었고, 그곳에 있던 모든 마족은 그제야 자신들 눈앞의 존재가 누구인지를 깨달았다.

이 지역을 지배하는 진정한 지배자이며 마족들의 주인.

"마, 마왕님께 인사 올립니다!"

모두가 벌벌 떨며 다급하게 복종의 의미로 두 손을 앞으로 내밀며 경배하는 포즈로 엎드렸다.

마왕은 그 모습에 만족스러운 표정을 지었다.

"원래대로라면 나를 못 알아본 대가로 팔 하나씩을 받았겠지만, 오늘은 특별한 상황이니 넓은 아량으로 넘어가 주지."

"감사합니다!"

마왕은 엎드려 있는 마족을 뒤로하고 눈앞에 엎드려 있는 마족에게 말했다.

"이제 내가 먼저 들어가도 되겠지?"

"그, 그렇습니다! 제, 제가 저쪽에 신호를 보내겠습니다!"

"어서 해. 기다리는 건 적성에 맞지 않아서 말이지."

"아, 알겠습니다!"

그가 다급하게 일어나 인간계와 연결된 소환진에 무언가를 중얼거리면서 어떤 가루를 뿌리니 소환진에서 환한 빛이 일어났다.

"이제 저 안에 서시면 됩니다. 그러면 저쪽에서 마왕님을 소환할 것입니다."

마왕은 고개를 끄덕이고는 소환진 안으로 들어섰다.

잠시 후 검은 기운이 그를 감쌌고, 순식간에 모습이 사라졌다.

마왕이 완전히 사라진 것을 확인한 마족은 이마의 땀을 닦으며 안도의 한숨을 쉬었다.

"휴우, 하마터면 뒈질 뻔했네. 그나저나 마왕이라니. 그, 그분이 마왕을 상대할 수 있을까?"

마족은 소환진을 바라보며 중얼거렸다.

━◈━

웅웅웅웅―!

벨리 마운틴 성에 있는 소환진에서 심상치 않은 소리가 들려오기 시작했다.

지금까지와는 다른 기운이 소환진에서 뿜어져 나오고 있
었다.

"이, 이 기운은?"

아크라와 자쿠가 놀란 표정으로 소환진을 바라보며 뒷걸
음질을 치기 시작했다.

"왜? 아는 놈이야?"

영웅은 소환진에서 흘러나오는 기운에 두근거리는 모습을
보이며 물었다.

"마, 마왕의 기운입니다. 서, 설마? 그가 직접?"

경악한 표정으로 연신 뒷걸음질을 치는 둘을 보며 영웅이
더욱 진한 미소를 지었다.

"그래? 예상외의 대어가 걸렸네? 이거 생각보다 수월하게
이번 일을 마무리할 수 있겠어. 그나저나 마왕이라. 얼마나
강하려나? 나를 만족시켜 줄 수 있으려나?"

다른 이들과는 다르게 한껏 고조된 표정으로 소환진을 바
라보는 영웅이었다.

그때 소환진에서 살아 있는 생명체 같은 검은 액체들이 몽
글몽글 올라오더니, 곧 그 검은 액체들은 인간의 형태로 변
하기 시작했다.

모습은 인간의 형태였지만 그 크기는 일반적인 인간의 크
기가 아니었다.

머리 쪽의 위압감이 느껴지는 뿔이 그가 마계에서 온 무언가라는 사실을 알려 주었다.

점차 모습을 갖추어 가면서 뿜어져 나오던 기운도 점점 더 강해지고 있었다.

영웅은 짜릿짜릿한 기운에 만족스러운 미소를 지으며 어서 빨리 그의 소환이 완료되기만을 기다렸다.

한편, 밖에서는 검은 먹구름이 벨리 마운틴 전체에 깔렸다. 벨리 마운틴 성을 중심으로 거대한 소용돌이가 생겨났고 사방에서 천둥 번개가 치기 시작했다.

태양이 가려지며 대지에 어둠이 짙게 깔렸고 온갖 몬스터들이 미쳐 날뛰었다.

그 모습이 마치 세상의 종말이 다가오는 것 같았다.

밖에 있던 성휘 기사단은 엄청난 마기에 온몸을 덜덜 떨면서 주먹을 움켜쥐고 있었다.

"이, 이게 무슨 기운이지? 이런 말도 안 되는 기운이라니!"

성휘 기사단의 말에 하늘을 바라보던 드래곤들이 그에 대해 대답을 해 주었다.

"이것은 마왕의 기운이다."

그 말에 성휘 기사단이 화들짝 놀랐다.

"저, 정녕 이것이 마왕의 기운이라는 말입니까?"

"그렇다. 마왕이 지금 벨리 마운틴 성에 강림하고 있구나."

"그, 그럼 이제 어찌 되는 겁니까?"

"글쎄. 주인님을 믿어 봐야지. 혹시 모르니 마왕이 세상에 나왔을 경우를 대비해야 한다. 다들 전투 준비를 단단히 하라고 전해라! 우리는 아더 님을 만나러 가겠다."

드래곤들이 사라지고 남은 성휘 기사단과 은빛 기사단은 서로를 바라보고 고개를 끄덕이며 결연한 표정으로 성 쪽을 주시하기 시작했다.

그 시각, 소환진에서 완전한 모습을 드러낸 마왕이 하얀 이를 드러내며 환하게 웃고 있었다.

"크크크. 역시 인간계의 공기는 정말로 맛있군."

그러고는 주변을 둘러보다가 영웅과 눈을 마주쳤다.

그는 영웅의 표정을 보고는 엄청난 흥미를 느끼기 시작했다.

다른 이들은 다들 공포에 질린 표정으로 자신을 바라보고 있는데 오직 한 사람, 영웅만이 초롱초롱한 눈으로, 무언가를 엄청나게 기대하는 표정으로 자신을 바라보고 있었다.

"크크크. 특이한 인간이군? 나의 기운을 받으면서도 두려워하지 않고 오히려 그것을 즐기고 있다니."

마왕의 말에 영웅이 미소를 지으며 입을 열었다.

"설마하니 마왕이 직접 올 줄은 몰랐는데? 이 음식이 정말로 마족들한테 화젯거리이긴 했나 봐?"

영웅은 손에 들려 있는 불지옥 볶음면 봉지를 흔들며 말했다.

"네놈이구나! 크하하하하! 설마 그 음식을 믿고 지금 그런 행동을 하는 것은 아니겠지? 다른 놈들은 그 음식을 얻기 위해 어떤 짓을 했는지 모르겠지만 나는 다르다."

"당연히 아니지. 나는 이것을 더 믿는데."

그리 말하며 자신의 주먹을 들어 올려 보였다.

"뭐? 크하하하하! 재미난 인간이군! 정말로 재밌는 인간이야! 몸 안에 마나도 별로 없는 인간이 아주 담이 크구나! 크하하하!"

우르르르릉-!

마왕이 크게 웃어 젖히자 성이 흔들리기 시작했고 주변에 있던 사람들은 귀를 막으며 바닥에 주저앉기 시작했다.

"목소리가 너무 크군."

그리 말하며 영웅이 손을 흔들었고 고통스러워하던 이들이 이내 편안한 표정으로 바뀌며 하나둘씩 일어섰다.

그 모습에 마왕의 웃음소리가 작아지면서 영웅을 새롭게 보기 시작했다.

"뭐지? 그 기술은? 특이한 기술을 쓰는 인간이구나."

"응, 너는 몰라도 돼. 이거 얻으러 온 거 맞지?"

영웅의 손에 들려 있는 불지옥 볶음면을 바라보던 마왕은 고개를 끄덕였다.

"그렇지. 그게 목적이긴 했는데 네놈을 보니 마음이 바뀌었다. 나는 지금 너에게 더 흥미가 생기고 있다."

"그것참, 쑥스럽네. 마왕에게 관심을 다 받고."

"뭐라? 크크크크. 정말로 재밌는 인간이구나. 어떠냐? 나에게 그 음식을 꾸준히 상납하고 나를 섬기겠다고 하면 너에게 마계 이인자의 자리를 주마."

"반대지. 네가 나를 섬기고 나를 따르겠다고 하면 목숨은 살려 주지."

"뭐? 크크크크. 내가 언제까지 봐줄 거라고 생각하는 것이냐? 네놈 손에 들려 있는 음식이 정신이 혼미할 정도로 맛있는 것은 사실이나, 그것 때문에 넘어갈 만큼 나는 호락호락하지 않다. 네놈을 제압하고 네놈의 영혼을 내가 흡수해 버리면 되는 일이다. 그럼 그 음식의 제조법도 알 수 있겠지."

"그거 재밌겠네. 해 봐."

"뭐?"

"해 보라고."

영웅의 도발에 마왕의 표정이 굳었다.

"오냐. 일단 네놈을 산 채로 잡아다가 몇 날 며칠을 천천히 고통 속에 살게 해 주지. 그래도 버티고 지금과 똑같은 소리를 지껄인다면 네놈을 풀어 주마."

눈이 빨갛게 변한 마왕이 천천히 소환진 밖으로 걸어 나왔다.

그러자 영웅이 고개를 끄덕이며 말했다.

"좋아, 맘대로 해. 여긴 싸우기에 좁으니 다른 곳으로 이동할까?"

"크크크크. 마음대로 하거라. 너에게 유리하도록 만든 장소라도 있더냐? 그 정도 아량은 베풀어 주겠다."

그 말에 영웅은 피식 웃으며 손가락을 까닥거리고는 하늘을 향해 높이 날아오르더니 순식간에 그 모습을 감추었다.

마왕도 미소를 짓고는 영웅이 사라진 방향으로 몸을 날렸다.

인적도 없고 풀 한 포기, 생명체 하나 존재하지 않는 무인도에 영웅과 마왕이 서로를 마주 보며 서 있었다.

마왕은 주변을 두리번거리며 경치를 여유롭게 감상하고는 그에 대한 평을 내렸다.

"크크. 의외로 괜찮은 장소를 골랐구나? 정말로 사람들에게 피해가 갈까 봐 이곳을 고른 것이냐?"

"그렇지. 사실 네가 얼마나 강한지 나도 잘 감이 안 와서 말이지. 혹시라도 내가 너의 공격을 막지 못하고 놓칠 수도 있으니까."

"크하하하하! 정말로 웃기는 인간이군. 그래, 어디 보여 봐라, 네놈의 힘을."

마왕의 말에 영웅이 씩 미소를 지으며 마기를 뿜어내기 시작했다.

옷자락이 펄럭거리며 뿜어져 나오는 기운은 이내 유형화되며 거대한 마기의 회오리를 만들었다.

자신과 비견해도 절대로 뒤처지지 않는 엄청난 기운의 마기에 마왕은 처음으로 당황하는 모습을 보였다.

"무, 무슨? 이, 이런 말도 안 되는!"

영웅의 엄청난 마기에 화들짝 놀라며 두 눈을 크게 뜨고는 유심히 살피는 마왕이었다.

"서, 설마 네놈도 마족이더냐?"

"아니, 평범한 인간."

"크크크. 오냐. 제법 기운이 농밀하기는 하나 나에게는 통하지 않을 것이다!"

"해보지 않고서는 모를 일이지."

"크크크. 맞는 말이군. 간만에 즐거운 시간이 되겠어."

서로를 바라보며 미소를 지은 둘. 이내 둘은 누가 먼저라고 할 것도 없이 동시에 달려들어 격돌했다.

콰콰콰쾅-!

단순한 주먹질이었음에도 땅이 움푹 파이고 강력한 충격파가 원형으로 퍼져 나가며 거대한 모래 해일을 만들었다.

"크흑!"

마왕의 입에서 신음이 흘러나왔다.

반면 영웅은 아무런 소리 없이 즐거운 미소를 짓고 있었다.

그것이 마왕의 자존심을 상하게 했다.

한낱 인간에게 이런 엄청난 마기가 있는 것도 믿기가 힘든데, 그 힘에 자신이 밀렸다는 것이 용납되지 않았다.

"제법이구나!"

"응, 너도. 내가 이 정도 힘으로 때렸음에도 버틴 것은 네가 처음이다. 이건 칭찬이야."

"으드득! 인간 주제에! 건방진!"

죽음의 합창!

마왕의 주변으로 머리는 뱀의 모습을 하고 몸은 말의 모습의 기이하게 생긴 것들이 소환되었다. 그것들은 영웅이 있는 방향으로 고개를 돌려 입을 크게 벌리고 귀가 찢어질 듯한 굉음을 내기 시작했다.

끼에에에에에에엑—!

쿠콰콰콰콰콰쾅—!

엄청난 고주파의 굉음은 곧 드릴 모양으로 형상화되어 영웅을 향해 대기를 찢어발기며 날아갔다. 음파가 지나간 자리는 거대한 폭발이 쉬지 않고 일어나고 있었다.

퍼퍼퍼펑—!

악마의 삼지창!

마왕의 손에는 자신의 애병(愛兵)인 검은색의 삼지창이 들려 있었다. 마왕은 그것을 있는 힘껏 움켜쥐었다.

팔뚝의 힘줄들이 피부를 뚫고 나올 것처럼 튀어나오며 휘

둘러졌고 이내 마왕은 창을 영웅이 있는 곳으로 힘껏 집어
던졌다.

쉐에에에엑-!

파파파파-!

공기를 가른 창은 소닉붐까지 일으키며 영웅을 향해 날아
가기 시작했다.

영웅은 자신을 향해 날아오는 굉음부터 처리를 하기로 했
다.

후으으읍-!

"우아아아악!"

크게 공기를 들이마시더니 곧바로 함성을 지르는 영웅이
었다.

쿠파파파파파파-!

영웅의 함성의 기파가 자신을 향해 날아오던 죽음의 합창
을 날려 버렸다.

하지만 뒤이어 날아오는 마왕의 삼지창을 막지는 못했고,
삼지창은 그대로 영웅의 몸에 적중해 버렸다.

그 모습에 마왕이 기분 좋은 미소를 지으며 말했다.

"크크크크. 방심하지 말라니까."

죽음의 합창이 지나간 자리에 자욱한 먼지가 마왕의 삼지
창을 보이지 않게 만들었고 그것이 주효했다고 생각하는 마
왕이었다.

둘의 시야를 가리고 있던 먼지들이 바람에 의해 흩어지자 마왕은 영웅을 자세히 바라보았다.

그런데 무언가 이상했다.

자신의 창이 보이지 않는 것이다.

영웅의 몸을 꿰뚫고 있어야 할 자신의 창이 말이다.

마왕은 영웅의 몸에 꽂혀 있어야 할 자신의 삼지창을 찾아 주변을 두리번거렸다.

그런 마왕에게 영웅이 무언가를 들어 올리며 말했다.

"혹시 찾는 것이 이건가?"

영웅의 손에는 동그랗게 공처럼 말려 있는 무언가가 들려 있었다.

마왕은 영웅의 손에 들려 있는 것이 자신의 삼지창이라는 것을 깨달았다.

마왕의 삼지창이 왜 저렇게 말려 있단 말인가.

이해가 되지 않는 모습이었다.

그 어떤 것도 마왕의 삼지창에 흠집을 내지 못한다. 아무리 강한 힘을 주어도 절대로 휘지 않는 신물이었다.

"설마? 모, 몸에 부딪혀서 그렇게 된 것은……."

마왕 자신이 생각해도 말이 되지 않는 이야기라 생각하고 바로 말을 멈추었다.

그러자 영웅이 자신의 손에 들려 있던 것을 아무렇지도 않게 쭉쭉 펴기 시작했다.

그리고 세심하게 조물조물하니 마왕의 삼지창이 본래의
모습으로 돌아왔다.

영웅은 그것을 이리저리 돌려 보다가 마왕을 바라보며 말
했다.

"아까랑 얼추 비슷하네. 자, 받아."

쿠콰콰콰콰—!

살짝 던졌는데 마왕이 던졌을 때보다 더 강한 기파를 휘날
리며 날아왔다.

"헉!"

마왕은 화들짝 놀라서 재빨리 자신을 향해 날아오는 삼지
창을 피해 몸을 굴렀다.

콰콰콰콰쾅—!

간신히 피하고 나니 뒤에서 엄청난 충격파가 밀려와 마왕
을 덮쳤다.

마왕은 충격파에 의한 충격보다 방금 자신의 눈앞에서 벌
어진 상황에 더 충격을 받고 있었다.

자신의 몸이 휘청거릴 정도의 충격파가 밀려옴에도 그의
시선은 영웅에게 꽂힌 채 움직이지 않고 있었다.

"너, 너는 누구냐?"

"응? 뭐지? 다시 통성명하자는 건가?"

"네가 인간일 리가 없다. 너는 누구냐!"

"어차피 말해도 안 믿을 거잖아?"

영웅의 말에 마왕이 이를 악물고는 자신의 귀에 달린 귀걸이를 그대로 뜯어냈다.

그리고 그 자리에서 귀걸이를 박살 내며 영웅에게 말했다.

"네가 인간이든 아니든 이제는 상관없다. 나는 방금 나의 힘을 봉인하고 있던 봉인구를 풀었다. 이 봉인구를 풀게 하는 놈이 나타날 줄은 몰랐구나. 진정한 마왕의 힘이 무엇인지 보여 주마!"

마왕의 말에 영웅은 온몸이 오글거리는 기분이 들었다.

그 순간 마왕의 몸이 점차 작아지더니 영웅과 비슷한 몸체로 변했다.

거대한 덩치가 작아지면서 전투에 적합한 몸으로 변한 것 같았다.

그 증거로 움직임이 아까와는 차원이 달라졌다.

마왕은 순식간에 영웅에게 이동하여 공격을 시작했다.

투바바바바박-!

주먹이 눈에 보이지도 않는 초고속으로 영웅을 향해 날아갔다. 영웅 역시 그 속도를 따라가며 전부 다 방어를 하고 있었다.

주먹과 주먹이 부딪치는 소리와, 부딪칠 때마다 터져 나오는 충격파의 소리가 뒤엉켜 마치 전쟁터에 와 있는 듯한 착각을 불러왔다.

한참을 가까이서 공격하던 마왕은 흔들리는 동공과 함께 거리를 벌렸다.

전투형 신체로 변했음에도 저 인간에게 전혀 타격을 주지 못하고 있었다.

이런 일은 마왕 생애 처음이었다.

오죽했으면 전투형 신체로 오래간만에 변신을 해서 적응이 덜 되었다고 생각까지 했을까.

당황하는 마왕에게 영웅이 웃으며 말했다.

"뭐야? 한창 재밌어지려고 하는데."

2장

마왕의 눈썹이 꿈틀거렸다.

영웅은 자신을 그저 놀이 상대로만 보고 있는 것 같았다.

그것이 마왕의 자존심에 커다란 상처를 주었다.

마왕이 이를 악물더니 공중으로 높이 날아올라 양손에 검은 마기를 응축시키기 시작했다.

"기가 헬 브레이크!"

양손에 응축되었던 검은 마기들을 하늘로 던지자 마기들이 먹구름처럼 넓게 펼쳐지더니, 이내 날카로운 마기를 지상으로 마구 뿌리기 시작했다.

그 모습이 하늘에서 내리는 검은 죽음의 비 같았다.

쿠콰콰콰콰콰쾅-!

비처럼 떨어지는 가느다란 마기들은 하나하나가 엄청난 힘을 머금고 있었다.

대지에 떨어진 마기들은 잇달아 터져 나가기 시작했고 그 충격으로 섬 전체가 흔들리고 있었다.

쿠르르르르–!

흔들림이 너무 심했는지 섬 가운데에 있던 산에서 연기가 새어 나오기 시작했다. 산은 이내 거대한 폭발을 일으키며 터져 나갔다.

폭발과 함께 엄청난 폭풍이 섬 전체를 휘감았고 폭풍이 지나간 뒤에 시뻘건 용암이 모든 것을 녹일 기세로 분출되어 사방으로 뿌려지기 시작했다.

그 모습은 세상의 종말이 온 것 같았다.

화산재로 뒤덮인 하늘에선 뇌우가 끊임없이 내려치고 있었고 땅은 시뻘건 용암으로 뒤덮여 지옥을 연상시켰다.

마왕은 그런 상황에서도 오직 한곳만 주시하고 있었다.

영웅이 있던 자리는 어느새 용암으로 뒤덮여 있었다. 절대로 사람이 살아 나올 수 없었다.

그런데도 마왕의 시선은 영웅이 있던 용암을 주시하고 있었다.

그때 부글부글 끓고 있는 용암 속에서 인간의 형상이 솟아올랐다.

바로 영웅이었다.

용암의 열기에 그의 옷은 모조리 녹아서 사라진 뒤였지만, 영웅은 알몸으로 태연하게 마왕을 바라보며 미소 지을 뿐이었다.

"덕분에 안마도 받고 뜨뜻한 곳에서 몸도 풀었네."

역시나 전혀 타격을 주지 못했다.

마왕은 이가 부러질 정도로 꽉 깨물고 자신의 최후 공격을 준비했다.

뒤는 없었다.

자신이 할 수 있는 모든 것을 쏟아 내야 했다.

'빌어먹을. 불지옥 볶음면은 그냥 마계에 있는 놈들을 닦달해서 얻어 오라고 하면 되는 일이었는데.'

그러면 이런 말도 안 되는 상황을 경험하지 않을 것이 아닌가.

자만이었다.

자신을 상대할 자는 없을 것이라는 자만심이 지금의 상황을 만든 것이다.

잠시 스쳐 가는 상념을 고개를 저어 날려 버리고 다시 영웅에게 집중하기 시작했다.

상대는 자신이 이날 이때까지 살아오면서 처음 경험하는 최강의 인간이었다.

아니, 인간인지 아닌지도 모를 생물이었다.

'이 한 수에 모든 것을 건다!'

마왕은 양손을 하늘로 치켜든 후에 자신의 모든 힘을 그곳에 집중시키기 시작했다.

쿠르르르릉-!

화산 폭발로 검게 변한 하늘이 이내 마왕을 중심으로 소용돌이쳤고, 그 중심부에 엄청난 에너지가 모이기 시작했다.

빠지직- 빠직- 빠지지직-!

눈이 부실 정도의 뇌전이 에너지 볼 여기저기에서 튀어나왔다.

그 강대한 힘으로 공간 왜곡 현상까지 일어나 마왕의 손에 모인 에너지 볼의 주변은 일렁거리고 있었다.

"이것까지 막는다면 인정하지."

쿠아아아아-!

마왕은 영웅을 향해 그것을 집어 던졌다.

대기를 찢어발기며 빠른 속도로 영웅을 향해 날아가는 에너지 구체의 힘에 온 대지가 울리기 시작했다.

쿠그그그긍-!

맹렬한 기세로 모든 것을 소멸할 것 같은 기세로 날아오는데도 영웅의 표정은 변함이 없었다.

오히려 마왕을 향해 꾸중하듯 집게손가락을 좌우로 흔들며 말했다.

"이런 걸 함부로 던지면 안 되지."

그러자 세상을 파괴할 것 같았던 에너지 구체는 속도가 느려지더니 영웅의 근처에 다다르자 아예 멈춰 버렸다.

멈춰 버린 에너지 구체를 손 위로 옮기자 에너지 구체는 서서히 쪼그라들기 시작하더니 이내 영웅에게 모조리 흡수되어 버렸다.

마왕은 어이가 없는 표정으로 그 장면을 그저 멍하니 바라만 보았다. 그러더니 이내 고개를 저으며 천천히 지면으로 하강했다.

땅으로 내려온 마왕이 영웅 앞에 서더니 나직하게 말했다.

"내가 졌다. 네 마음대로 해라."

모든 것을 포기한 표정으로 고개를 푹 숙이고는 힘없이 말하는 마왕이었다.

자신의 모든 것을 쏟아부은 마지막 공격이었다. 힘들게 피한 것도 아니고 너무도 쉽게 제압하고 그것도 모자라 흡수까지 해 버리는 영웅에게 질려 버린 것이다.

전투에 있어 천재라고 불리던 자신이었지만 영웅을 상대로 이길 방법이 도저히 떠오르지 않았다.

여기서 더 발버둥을 치는 것은 의미가 없었다. 패배를 인정할 수밖에 없었다.

영웅은 마왕의 말에 대답하지 않고 그를 유심히 바라보았다.

사실 영웅은 즐거웠다.

지금까지 상대했던 모든 이들을 통틀어 마왕이 가장 강

했다.

특히 육탄전을 할 때는 정말로 즐거웠다.

조금만 더 키우면 나름 재미가 쏠쏠한 대련 상대가 나올 것 같았다.

이내 생각을 정리한 영웅이 마왕에게 말했다.

"내가 너보다 강하다. 인정하지?"

"인정한다."

진심으로 영웅의 강대한 힘에 승복한 것이다.

강자가 우선인 마계에서 살아왔기에 가능한 일이었다.

자신보다 강한 사람을 모시는 것이 곧 마계의 율법. 마왕은 그것을 충실히 따랐다.

"그럼 내가 너보다 강하니 앞으로 형님으로 모셔라."

영웅의 말에 마왕의 고개가 들려지더니 갸웃거렸다.

무슨 말인지 이해가 되질 않는 것이었다.

"왜, 싫어? 부하 할래?"

"아, 아니. 내가 언제 싫다고 했나. 혀, 형님."

"그래, 아우. 이 형님의 힘을 맛보니 어떠하던가?"

영웅의 말에 마왕의 두 눈이 반짝이기 시작했다.

"대, 대단했소! 어찌 그런 힘을 가지고 계신 것이오?"

"내가 왜 널 동생으로 삼았는지 알아?"

마왕은 영웅의 말에 고개를 절레절레 흔들었다.

"처음이었어. 내 주먹을 그렇게까지 버틴 놈은 말이지. 너를 이대로 잘만 키우면 심심하지 않을 것 같아서 말이야."

천하의 마왕을 키운다고 표현하고 있었다.

마왕은 멍한 표정으로 영웅을 바라보다 이내 피식 웃었다.

"앞으로 잘 부탁하겠소, 형님."

"그러고 보니 우리 서로 이름도 모르고 있었군. 나는 영웅
이라고 한다."

"영웅……. 크큭, 이거 참. 언제나 마왕은 영웅에게 당한
다더니 그것이 정말이었군. 내 이름은 바일이오."

찌이이이잉-!

쩌적- 쨍그랑-!

거대한 수정이 마구마구 울리기 시작하더니 이내 산산조
각이 나면서 박살 나 버렸다.

그것을 지켜보던 한 여인은 사색이 된 채로 바들바들 떨고
있었다.

여인은 믿기지 않는 표정으로 연신 자신의 두 눈을 비비더
니 다시 확인하고 또 했다.

"아, 안 돼……."

여인은 떨리는 목소리로 박살이 난 수정을 바라보며 그 자
리에 주저앉았다.

쾅—!

그때 문이 부서질 정도로 강하게 열리며 흰색 갑옷을 입은
무리가 들이닥쳤다.

"서, 성녀님! 괜찮으십니까?"

이곳은 신성 제국 내에 있는 성녀의 거처였다.

그녀의 거처에는 홀리 크리스탈이라 불리는 성스러운 수
정이 존재했는데, 성녀는 그 수정을 통해 신의 계시를 받거
나 미래에 벌어질 재난을 미리 살펴볼 수가 있었다.

홀리 크리스탈은 신성 제국의 상징이자 보물이었다.

어떠한 충격에도 깨지지 않고 흠집조차 생기지 않아 신의
보석이라 불리는 홀리 크리스탈.

그것이 파괴되는 이유는 딱 하나였다.

바로 마왕 강림.

그 때문에 성녀는 크리스탈이 깨진 것을 확인하고 또 확인
했다.

크리스탈이 깨짐으로써 성녀의 방을 중심으로 하늘로 퍼
져 나가던 성스러운 기운도 사라졌다.

온 제국을 비추던 성스러운 기운이 사라지자 제국에 비상
이 걸렸고, 성녀에게 무슨 일이 생긴 것이 아닐까 하고 다급
하게 신성 제국의 기사단이 달려온 것이다.

"성녀님!"

바닥에 주저앉아 있는 성녀를 발견한 기사단이 그녀에게

다가가 부축을 하며 물었다.

"괜찮으십니까?"

"네, 저는 괘, 괜찮아요."

말은 그렇게 하고 있지만, 표정은 전혀 괜찮아 보이지 않았다.

그녀의 시선은 기사단이 아닌 한 곳을 '뚫어져라' 쳐다보고 있을 뿐이었다.

그 시선을 따라 기사단의 시선이 움직였다.

바닥에 유리 파편으로 보이는 것들이 사방에 퍼져 반짝이고 있었다.

그들의 동공이 세차게 떨리기 시작했다.

"서, 설마? 저, 저 파편이 호, 홀리 크리스탈입니까?"

기사단의 물음에 성녀가 힘없이 고개를 끄덕였다.

그제야 성녀가 왜 저런 표정으로 넋을 놓고 있는지 깨달았다.

"비, 비상! 비상이다! 어서 교, 교황님께 이 사실을 알려라! 당장!"

"네? 네!"

"너희는 어서 성녀님을 부축해라. 일단 안정을 취하셔야 할 것 같다."

"네!"

대장으로 보이는 기사의 명령에 기사단이 일사불란하게

움직였다.

"저는 괜찮아요. 저도 같이 교황님께 가겠어요."

"성녀님."

"지금 제가 이렇게 넋 놓고 있을 때가 아니에요. 인간계에 최대 위기가 찾아왔어요. 서두르세요. 어서!"

"알겠습니다, 성녀님! 성녀님을 모시고 교황님께 이동한다! 서둘러!"

〜〜〜

신성 제국의 교황 몬테리오.

그의 눈꺼풀이 쉴 새 없이 떨리고 있었다.

"그, 그게 사, 사실인가?"

교황은 성녀의 말을 믿을 수 없다는 표정으로 되물었다.

"모든 것이 사실입니다! 어서 모든 대륙에 이 사실을 공표하고 마계의 침공에 대비해야 합니다!"

"허어, 환장하겠군. 하필 이런 시기에……."

"교황님? 무슨 문제라도?"

교황이 난감한 표정을 짓자 성녀가 불안한 표정으로 그에게 물었다.

"하아, 카쉬 제국과 칼빈 제국이 전쟁을 시작하겠다고 통보를 해 왔다. 전쟁 기간에 신성 제국의 중재를 받지 않을 것이라며 우리가 보내는 그 어떤 사신도 그들의 제국에 발을 붙이지 말라고 경고를 했다."

신성 제국의 존재는 현세의 UN 같은 존재였다.

제국의 존재 이유는 신앙에 관련된 것도 있지만 가장 큰 것은 바로 마계의 침공에 대비함에 있었다.

홀리 크리스탈을 다룰 수 있는 성녀가 존재하는 제국이었기에 그들의 신을 믿지 않는 나라나 제국 역시 신성 제국의 뜻은 존중해 주었다.

그렇게 그들은 평화의 사절단이 되어 나라 간의 분쟁을 해결해 주거나 중재하는 역할을 자주 하였다.

물론 약한 나라는 강제 개종을 시키기도 했지만, 그 정도는 강대국들이 눈감아 주었다.

문제는 카쉬 제국과 칼빈 제국은 자신들의 힘이 미치지 못하는 강대국이라는 점이었다.

심지어 카쉬 제국이 믿는 신은 자신들이 섬기는 신과는 전혀 다른 신을 모시고 있었기에 신의 이름으로 주는 엄포도 통하지 않았다.

그렇다고 칼빈 제국에 양보를 하라고 하자니, 같은 신을 믿는 제국에 몹쓸 짓이었다.

문제는 지금 마왕이 인간계에 강림했다는 것이다.

다만 큰 소동이 일어났다는 소식은 없기에, 마왕의 군단이 직접 내려온 것이 아니고 마왕 혼자 강림했다고 가정하고 있을 뿐이었다.

그렇다고 안심할 수 있는 것은 아니었다.

마왕이 인간계에 있다는 것은 언제든지 마왕군을 인간계에 소환할 수 있다는 뜻이었으니까.

교황의 말에 성녀 역시 난감한 표정을 지었다.

두 제국의 전쟁으로 상황은 더욱더 혼돈으로 빠져들고 있었다.

"두 나라 전쟁의 원인이 무엇인지 알 수 있을까요? 그것을 알면 그들 사이를 중재할 수도 있지 않을까 싶어서요."

성녀의 말에 교황이 성녀를 바라보며 말했다.

"혹시 고홈 용병단을 들어 보았는가?"

교황의 질문에 성녀가 고개를 끄덕이며 답했다.

"듣다마다요. 세상에서 첫 번째로 손꼽히는 용병단이잖아요. 그들이 나서서 성공 못 한 일이 없다고 할 정도로 전설적인 용병단. 맞죠?"

"그렇다네. 바로 그 용병단이 이번 전쟁의 원인일세."

"네? 그게 무슨 말씀이시죠? 고홈 용병단이 이중 계약이라도 했다는 말인가요?"

"아니, 그 고홈 용병단을 차지하기 위한 전쟁일세."

"네에? 고홈 용병단은 제가 듣기론 주군을 절대 모시지 않는 용병단으로 알고 있는데요? 세상에 존재하는 모든 제국이 그들을 영입하기 위해 어떤 노력을 했는지도 상세하게 알고 있어요. 그걸 알면서도 저리 전쟁을 한다는 건가요? 자신들이 싸워도 고홈 용병단을 차지할 수 없음에도?"

성녀의 말에 교황이 고개를 저으며 말했다.

"아니네. 들어온 정보에 의하면, 이번 전쟁은 바로 고홈 용병단을 칼빈 제국에서 영입에 성공했기에 벌어진 전쟁일세. 카쉬 제국은 고홈 용병단을 자국의 용병단으로 인식하고 있었는데 그들이 칼빈 제국으로 거처를 옮기자 사실 여부를 확인했고 그것이 사실임이 밝혀져 전쟁이 일어난 걸세."

"아무리 그래도…… 겨우 용병단 하나 때문에……."

성녀가 안타까워하며 발을 동동 구르자 교황이 말했다.

"그런 단순한 문제가 아니야. 카쉬 제국과 칼빈 제국은 오랫동안 앙숙이었지. 그들의 자존심 문제네. 카쉬 제국은 자신의 것을 빼앗겼기에 자존심이 상한 것이고, 칼빈 제국은 자신의 것을 지켜 자존심을 지키기 위함이네. 이게 바로 인간일세."

"하아, 주신께서는 왜 그런 일들을 보고도 관여하지 않으시는 걸까요?"

"그분은 세상의 균형을 관장하시는 분이지, 동네 애들 싸움을 말리는 분이 아닐세. 어찌 되었든 저 둘의 전쟁을 우리는 막을 수가 없겠군. 주신께서 부디 우리를 헤아려 저들의 마음을 돌려 주시길 바랄 수밖에……."

"그게 무슨 말씀이세요! 홀리 크리스탈이 깨졌다고요! 마왕이 지금 이 세상 어딘가에 강림을 했다는 뜻인데, 그렇게 태평하게 말씀하실 일이 아니에요!"

"두 제국을 제외하고 준비를 해야겠지. 쏜즈 기사단장! 모든 제국의 기사단에 전하라. 성전이 곧 시작되니 언제든 출정할 수 있도록 만반의 준비를 하라고 말이야."

"충!"

성녀를 호위해 같이 들어온 기사단장이 교황의 명령을 받고 서둘러 밖으로 나갔다.

"시종장! 그대는 지금 당장 성전 전령관으로 달려가 모든 국가에 지금의 사태에 대한 정보를 전해라! 언제든지 마왕군과 맞서 싸울 수 있도록 준비를 하라고 말이다!"

"알겠습니다!"

시종장이 종종걸음으로 다급하게 나가는 것을 지켜본 교황은 바로 옆 성녀를 바라보며 말했다.

"성녀, 그대는 주신께 기도를 올리시게. 그분께서 어떠한 계시를 내릴지도 모르니."

"알겠습니다."

성녀는 교황에게 성호를 그어 인사를 한 후에 서둘러 밖으로 나갔다.

다들 사라지고 순식간에 정적이 찾아온 방에 교황의 한숨만이 들려왔다.

"후우, 신이 내린 시련인가? 아니면······. 마왕이 우리를 시험하는 것인가. 알 수가 없구나, 알 수가 없어."

신성 제국은 칼빈 제국과 카쉬 제국에 사절단을 보냈다.

어찌 되었든 마왕이 지상에 강림한 것은 사실이니, 그에 대한 대책을 마련하고 두 제국의 전쟁을 막기 위함이었다.

하지만 사절단은 제대로 된 소득을 얻지 못하고 돌아가야 만 했다.

이미 전쟁은 시작된 상태였고 서로의 자존심 경쟁으로 인해 설득이 조금도 먹혀들지 않았다.

칼빈 제국에선 카쉬 제국이 병력을 물리고 휴전을 원하면 받아들이겠다고 했지만 카쉬 제국에선 조금도 그럴 생각이 없어 보였다.

이미 칼빈 제국에 대한 자격지심이 극한까지 쌓인 상태였고 그 때문에 카쉬 제국은 광기만 가득한 상태였다.

당연히 말이 통할 리 없었다. 오히려 칼빈 제국의 편을 드느냐며 살기 어린 눈으로 사절단을 대했다.

전쟁의 원인 제공을 한 영웅은 이 사실을 듣고 난감한 표정을 지었다.

결과적으로는 자신과 현세에서 온 각성자들 때문에 전쟁이 벌어진 것이 아닌가.

영웅의 방에는 영웅의 수족들이 모두 모여 이 상황에 대해 의논을 하고 있었다.

영웅을 중심으로 아더와 마왕 바일이 각각 우측과 좌측에 자리를 잡고 있었고, 그 옆으로 드래곤들과 마족, 성휘 기사단장과 레이어가 앉아 있었다.

고홈 용병단장인 데이몬드 역시 그 자리에 참석해 대화를 나누고 있었다.

"제가 원인이니 가서 대화를 나누어 볼까요?"

데이몬드의 말에 곁에 있던 레이어가 고개를 저으며 말했다.

"가 봐야 오히려 역효과일 것입니다. 데이몬드 님이 칼빈 제국에 가서 대화를 먼저 나누면 카쉬 제국에서 난리를 칠 것이고 카쉬 제국에 먼저 가서 대화를 나누면 칼빈 제국에서 난리를 칠 것입니다."

"하아, 그냥 우리는 살기 위해 열심히 발버둥 쳤을 뿐인데……"

데이몬드가 고개를 푹 숙였다.

자신들 때문에 수많은 사람의 목숨이 걸린 대전쟁이 시작된다는데 마음이 편할 리가 없었다.

그때 성휘 기사단장이 조심스럽게 손을 들고 자기 생각을 말했다.

"제가 한 가지 방법을 생각했습니다."

그 말에 다들 시선이 성휘 기사단장에게 집중되었다.

"말해 봐."

영웅의 허락에 성휘 기사단장이 고개를 끄덕이고는 마왕 바일을 바라보며 말했다.

"제 방법에는 마왕님의 도움이 필요합니다."

"내 도움? 어떤 도움? 가서 다 쓸어버려 줄까? 그건 내가 전문이긴 하지."

바일이 히쭉 웃으며 말하자 옆에 있던 영웅이 나직하게 말했다.

"야, 죽을래?"

살짝 살기가 어려 있었는지 바일이 몸을 부르르 떨더니 이내 손사래를 치며 말했다.

"하하, 노, 농담입니다! 농담!"

어색한 웃음을 짓는 마왕에게서 성휘 기사단장에게 시선을 돌린 영웅이 말했다.

"계속 말해 봐."

"네! 다들 알다시피 마왕 강림은 인간계에 내려지는 재앙입니다. 아마 모르긴 몰라도 신성 제국은 이미 세상에 마왕이 강림했다는 사실을 알고 있을 것입니다."

"그걸 어찌 안대? 나 최대한 조용히 왔는데?"

"마왕이 세상에 강림하면 신성 제국에 있는 홀리 크리스탈이라는 것이 깨집니다. 그것으로 마왕의 인간계 강림을 파악하는 것이지요."

"헐, 그런 게 있었어? 어쩐지 천 년 전에도 최대한 몰래 강림한다고 했는데 득달같이 모이더라니. 다 이유가 있었구나."

마왕은 정말로 몰랐다는 표정으로 고개를 저었다.

"그렇습니다. 그래서 지금 신성 제국에서는 모든 대륙의 제국과 왕국들에 이 사실을 전달했을 것입니다. 그런데도 저들이 전쟁을 강행한다는 것은 마왕 강림을 경험한 것이 너무도 오래전의 일이었고 그때의 공포가 많이 희석되었기 때문이라고 생각합니다. 신성 제국에서도 이렇게 능장을 부리는 이유 역시 그것이라고 생각합니다."

"아, 그런 잡소리는 됐고. 요점만 말해."

마왕의 말에 다들 고개를 끄덕였다.

"아, 죄송합니다. 그럼 말씀드리겠습니다. 제가 생각한 방법은 바로 마왕님이 직접 저들에게 마왕의 공포를 되새겨 주는 겁니다."

"오호. 그리고?"

"절망과 좌절 속에 인간계가 좌절에 빠질 때쯤에 주군께서 등장하시는 것이지요. 주군께서는 마왕을 물리치는 영웅이 되시는 거고 세상은 주군을 중심으로 하나가 될 것입니다. 세상에서 주군의 말씀은 곧 진리가 될 것이니까요."

성휘 기사단장의 말에 마왕의 얼굴이 일그러졌다.

반면에 영웅은 재밌다는 표정으로 마왕을 바라보았다.

"재밌겠는데? 이왕 할 거면 스케일을 키워 볼까?"

"네? 어떻게요?"

"드래곤들이 마왕과 격렬한 전투를 하는 것도 집어넣어야지. 인간들이 두려워하는 것은 마왕뿐이 아니잖아? 드래곤들이 마왕과 힘겹게 전투를 하는 모습을 보면 더 좌절하지 않겠어? 최대한 화려하게 싸워서 힘겨운 척을 하면 더 확실하겠지."

영웅의 말에 마왕이 발끈하면서 말했다.

"힘겨워하는 척이 아니라 정말로 힘겨운 겁니다! 저런 도마뱀들 따위와 저를 비교하시면 곤란합니다!"

마왕의 발언에 발끈한 것은 아더였다.

"뭐? 이 시커먼 새끼가 지금 뭐라고 했어?"

"왜? 불만이냐? 불만이면 따라 나오든지? 왜? 못 나오겠냐? 형님 뒤에 숨어서 입만 살은 주제에."

"말 다 했냐? 오냐! 덤벼! 아주 후회하게 해 주마!"

둘은 서로를 잡아먹을 듯한 표정으로 노려보다가 이내 영웅을 향해 고개를 돌렸다.

자신들의 대결을 허락해 달라는 무언의 표현이었다.

어찌 되었든 이번 연극에는 저 둘이 필요했으니 서열 정리를 한 번 하고 가기는 해야 했다.

"하아. 그래, 한 번은 정리하고 넘어가야겠지?"

영웅의 허락이 떨어지자 둘은 서로를 바라보며 비릿한 미소를 지었다.

"들었냐? 방금 네 드래곤생의 마지막을 장식하라고 허락하셨다."

"흥! 마왕 놈을 잘게 다져서 다시 마계로 돌려보내라는 소리로 들렸는데?"

"크크크크. 이 빌어먹을 도마뱀, 이따가도 그런 소리가 나오는지 보자."

"너야말로."

서로 한마디를 지지 않고 아주 뚫어질 정도로 눈빛을 교환하고 있는 둘이었다.

보이지는 않았지만 둘의 사이에서 스파크가 튀는 것 같은 기분이 들었다.

경악.

충격.

아더와 바일의 대결은 보는 사람들에게 충격과 경악을 안겨 주었다.

영웅과 싸우는 장면을 보지 못했기에 마왕의 힘에 대해 잘 알지 못했던 이들은, 오늘에서야 왜 그토록 모두들 마왕 강림을 무서워했는지 깨닫게 되었다.

그것도 놀라울 일인데 그런 마왕에게 전혀 밀리지 않고 전투를 지속하는 아더도 놀라웠다.

가장 크게 놀란 것은 네 드래곤들이었다.

드래곤 단신으로 마왕과 전투를 한다는 것은 드래곤 역사에서도 들어 보지 못한 일이었다.

그런데 아더가 그것을 해내고 있었다.

그것도 힘겹게 전투를 이어 가는 것이 아니라 막상막하로 싸우고 있었다.

레이어와 드래곤들이 힘을 합쳐서 친 10중 결계가 둘이 격돌할 때마다 박살 날 듯이 요동쳤다.

9서클급 대마도사와 네 마리의 드래곤이 모든 힘을 합쳐서 펼친 결계였음에도 말이다.

사방이 터져 나가고 천지가 진동하는 전투는 하루가 지나고 이틀이 지나도 끝나지 않았다.

마왕은 진심으로 놀라고 있었다.

지금까지 이렇게 강한 드래곤을 경험한 적이 없었다.

자신을 막으려면 드래곤 한두 마리가 아니라 종족 전체가 무리를 이끌고 와야 막을 수 있었다.

자신은 마왕이었다.

마계의 지배자.

그런 자신과 대등하게 싸우는 드래곤이라니.

'역시 형님이 데리고 다니는 이유가 있었군.'

바일은 고개를 끄덕였다.

한편, 아더 역시 놀라워하고 있었다.

자신이 있던 세상의 마왕과는 차원이 다른 강함이었다.

지금 지니고 있는 힘이면 자신이 살던 세상의 마왕은 순식간에 처리했을 것이다.

영웅과의 특훈과 보살핌으로 더 강해졌기 때문이다.

둘은 끊임없이 서로를 공격하면서 조금씩 친해지고 있었다.

그렇게 일주일을 싸우고 결국 승패를 내지 못한 채 지친 얼굴로 서로를 바라보며 입으로 싸우기 시작했다.

"헉헉! 너, 내가 형님하고 전투에서 힘만 소진 안 했으면 헉헉, 순식간이었어."

"헉헉! 나야말로 주인과 대련만 안 했어도 네놈의 사지를 잘근잘근 밟아 놨을 거야."

둘은 더는 몸으로 싸우지 않았다.

움직일 힘도 없는지 연신 입으로 말싸움을 하고 있었다.

"그만. 둘이 비긴 것으로 해."

"형님! 비기다니요? 제가 다 이긴 것이나 다름없습니다!"

"주인! 비기다니요? 거의 다 이겼습니다. 이제 막 마지막 일격을 날리려고 했습니다!"

둘은 서로를 바라보며 으르렁거렸다.

"인정 못 하겠다고?"

빠지직— 빠직— 빠지지직—!

그 순간 영웅의 손에서 보기만 해도 소름이 돋을 것 같은 뇌전이 생성되었다.

"그럼 내 기술을 가장 오래 버티는 놈이 이기는 것으로 하자. 어때?"

뇌전으로 인한 빛 때문인지 모르겠지만 영웅의 표정이 아주 사악하게 보였다.

아더는 침을 꿀꺽 삼켰다.

자신은 저 기술을 잘 안다.

그냥 졌다고 하고 말지 저걸 다시 경험하고 싶진 않았다.

그래도 이대로 물러서긴 아쉽지 않은가.

아더가 미소를 지으며 말했다.

"저놈이 그걸 버티면 제가 진 것으로 승복하겠습니다. 어때? 네가 저걸 1분 동안 버티면 내가 진 것으로 하지."

"크큭! 좋다! 그게 뭐 어려운 일이라고. 형님! 해 보십시오! 까짓것 1분 못 버티겠습니까?"

바일의 말에 영웅은 아더를 바라보며 고개를 저었다.

잔머리도 많이 늘었음을 깨달은 것이다.

"뭐, 너도 경험을 해 봐야겠지."

바일은 영웅의 저 기술을 경험한 적이 없었다.

고통 때문에 영웅에게 굴복한 것이 아니라 그의 압도적인 강함에 굴복한 것이었기 때문이다.

바일은 침을 꿀꺽 삼켰다.

온몸에서 저것을 절대로 경험하면 안 된다고 경고를 날리고 있었지만, 그놈의 자존심 때문에 결국 눈을 질끈 감고 영웅의 기술을 받아들였다.

빠지지지직-!

"크흡!"

영웅의 기술이 몸에 닿자마자 느껴지는 고통은 자신이 지금까지 경험했던 고통을 아득히 넘어서고 있었다.

마왕이 되는 과정까지 겪었던 수많은 고통이 이 순간만큼은 고통의 기억이 아니라 포근했던 기억으로 자리 잡고 있었다.

"끄으윽!"

어찌나 고통스러운지 소리도 잘 나오지 않았다.

바일의 온몸의 혈관이 금방이라도 터질 것같이 부풀어 올랐다. 눈이 튀어나올 정도로 크게 뜬 바일은 이를 악물고 버텼다.

1분.

바일은 1분이라는 시간이 이렇게 길고 긴 시간인지 처음 깨달았다.

그리고 왜 저 빌어먹을 도마뱀이 자신을 보며 웃었는지도 깨달았다.

그렇게 시간이 흘러 1분이 지나고 고통이 사라지자 바닥으로 쓰러지는 바일이었다.

그리고 다 죽어 가는 목소리로 중얼거렸다.

"내, 내가…… 이, 이겼……다."

그 말과 함께 정신을 잃었다.

영웅과의 격렬한 전투에서도 정신을 잃지 않았던 그가 말이다.

칼빈 제국 서쪽 끝에 있는 최강의 요새 라그나로크.

지금까지 단 한 번도 함락당한 적이 없다는 난공불락의 요새이자, 칼빈 제국의 국경을 든든하게 지켜 주고 있는 전략적 요충지이기도 했다.

그 라그나로크에 셀 수도 없이 많은 대군이 물밀듯이 밀려오고 있었다.

카쉬 제국의 군사들이었다.

라크나로크를 두고 칼빈 제국과 카쉬 제국이 서로 대치하기 시작했고 언제 군사적 충돌이 벌어질지 알 수 없는 일촉즉발의 상황이 이어지고 있었다.

그곳에 신성 제국에서 온 사절단이 두 진영을 오가며 그들의 전쟁을 막기 위해 최선을 다하고 있었다.

하지만 해결될 기미는 보이지 않았다. 두 집단을 보며 답답한 마음에 한숨만 쉬는 사절단.

"하아, 인간계의 미래가 불투명한데도 그까짓 자존심이 뭐라고……."

"다른 제국과 왕국들에 압박하라고 하는 것이 어떻겠습니까?"

"그랬다간 세계대전이 일어날 수도 있어. 마왕군 때문이 아니라 인간들끼리 자멸할 수 있네."

국제 정세가 복잡하게 얽혀 있기에 다른 나라에 도움을 요청하는 것 역시 불가능에 가까웠다.

순수하게 신성 제국의 힘으로만 두 제국을 화해시키고 앞으로 다가올 마왕군의 침략에 대비해야 하는데, 그게 말처럼 쉽지가 않았다.

특히 지금 세대는 마왕군에 대한 경험이 없는 세대였기에, 아무리 마왕군의 위험성에 관해 설명을 해도 들어 먹지를 않아 중재에 어려움으로 작용하고 있었다.

마왕군의 위험성을 제대로 알고 있다면 이들이 이렇게 자존심 싸움을 하지는 않았을 것이다.

자신들이 전부 죽게 생겼는데 자존심 싸움을 하겠는가.

"이러다가 마왕군이 인간계로 넘어오기라도 하면……."

신성 제국의 사절단장이 고개를 저으며 깊은 한숨을 연신 내쉬었다.

아무리 생각해도 방법이 떠오르지 않았다.

저들을 이해시키려면 방법은 한 가지밖에 없었다.

마왕의 무서움이나 마왕군의 무서움을 직접 경험하게 하는 것.

하지만 그게 가능할 리도 없으니 이리 골머리를 썩이고 있는 것이다.

한편, 칼빈 제국 내에서도 이번 전쟁에 대해 파벌이 나뉘어 격한 논쟁이 오가고 있었다.

"삼 황자가 뿌린 똥 때문에 제국이 지금 전쟁의 소용돌이에 들어가게 생겼습니다! 그깟 용병단 하나 때문에 백성들의 안위를 걸고 전쟁을 하겠다는 겁니까?"

"그깟 용병단이라니! 모든 제국이 노리던 용병단이오! 그런 그들을 삼 황자께서 영입에 성공하셨다면 응당 칭찬하고 상을 내릴 일이지 그것이 어찌 잘못된 행동이라고 하시는 것이오? 당신 카쉬 제국에서 보낸 첩자요? 아님, 저 카쉬 제국이 무섭소? 카쉬 제국 이야기만 나와도 무서워서 잠이 안 오시오?"

"뭐야? 죽고 싶은 것이냐?"

"하! 죽고 싶냐고 했어? 네놈이 나를? 네놈이야말로 황족을 멸시하고 위대한 칼빈 제국이 저 간악한 카쉬 제국 놈들에게 고개를 숙이길 바라고 있지 않으냐! 반역자 새끼야!"

"반역자? 여태 내가 하는 이야기를 똥구멍으로 들었냐? 그깟 용병단 몇 놈 때문에 우리 제국 백성들이 위험에 빠졌다고 말한 거 같은데? 어? 너야말로 백성들의 안위는 신경조차 쓰지 않는 것이냐?"

탕탕탕—!

"그만! 그만! 이게 지금 뭐 하자는 것인가!"

결국 보다 못한 알렌 공작이 책상을 두드리며 장내 정리에 나섰다.

"두 후작의 말도 맞지만, 지금은 서로 싸울 때가 아니네! 국가를 위해 용병단을 영입하신 삼 황자님의 공도 큰 것이 맞고 그 때문에 백성들이 위험에 빠진 것도 맞네. 하지만, 백성들이 자신들의 안전 때문에 카쉬 제국에 우리가 고개를 숙이고 들어가길 원할까? 자네가 나가서 그리 말해 보겠나? 카쉬 제국에 용병단을 넘기고 평화협정을 제시하겠다고? 아마 모르긴 몰라도 사방에서 돌이 날아올걸세."

그 말에 백성들의 안위를 위한다고 외치던 후작이 고개를 숙였다.

"해리스 후작. 전쟁은 기정사실이네. 어차피 지금 우리가 뭘 해도 저놈들은 돌아가지 않아. 왜냐고? 우리라도 그랬을 것이니까. 오랫동안 묵혀 왔던 앙금이 터진 것이란 말일세. 저들에겐 단지 구실이 필요했을 뿐이야."

"죄송합니다. 제 생각이 짧았습니다."

공작의 말에 두 파벌의 다툼이 일단락되었지만, 표정은 여전히 뾰로통해 있었다.

그것을 본 알렌 공작은 속으로 혀를 차며 생각했다.

'쯧쯧. 삼 황자님의 무서움을 모르니까 저리 말하지. 카쉬 제국? 삼 황자님이 나서면 문제가 없다. 문제는 삼 황자님이 모습을 드러내는 것을 싫어하신다는 건데.'

공작은 이번 전쟁에서 질 것이라고는 생각하지 않았다.

왜냐하면 자신들의 뒤에는 든든한 삼 황자가 존재하고 있기 때문이었다.

'그래도 자신 때문에 벌어진 전쟁이니 책임을 지시지 않을까?'

공작이 심각한 표정으로 무언가를 골똘히 생각하자 장내가 일순간 조용해졌다.

공작의 사색을 방해하지 않기 위함이었다.

그때 고요함을 깨는 소란이 밖에서 일어났다.

"아, 안 됩니다!"

"이러시면 안 됩니다! 자중하여 주시옵소서!"

갑작스러운 소란에 회의실에 있던 대신들의 시선이 일제히 문 쪽으로 향했다.

그와 동시에 문이 벌컥 열리면서 익숙한 얼굴이 모습을 드러냈다.

"여어! 다들 여기 모여 있었네?"

"헉! 삼 황자님?"

"아, 아니 삼 황자님이 여, 여긴 어떻게?"

이들이 있는 곳에 등장한 것은 바로 삼 황자, 영웅이었다.

"어떻게 오긴. 나 때문에 벌어진 전쟁을 마무리하러 왔지."

영웅의 말에 그곳에 있는 대신들이 멍한 표정으로 바라보기만 하고 있었다.

그때 해리스 후작이 벌떡 일어나며 말했다.

"지금 이게 장난으로 보이시오? 우리가 소꿉놀이나 하려고 모인 것으로 보이시냔 말이오! 그런 장난스러운 말투로 우리를 기만하시는 것이오?"

해리스 후작의 말에 알렌 공작과 란티드 후작이 화들짝 놀랐다.

그리고 이내 그 둘의 표정이 차갑게 식으며 해리스 후작을 노려보기 시작했다.

"해리스 후작! 지금 이게 무슨 결례란 말인가! 삼 황자님이시네!"

란티드 후작이 버럭 화를 내며 소리치자, 해리스 후작 역시 지지 않고 버럭 했다.

"그대가 자꾸 감싸니까 삼 황자가 자꾸 사고를 치는 것이 아닌가! 그대야말로 정신 좀 차리게!"

다시 장내 분위기가 싸늘하게 변하며 한바탕 난리가 날 기세였다.

그 순간 엄청난 기운이 장내를 덮쳤다.

쿠오오오오-!

기의 돌풍이 회의실 전체를 휩쓸기 시작하면서 사람들이 당황스러운 표정을 짓기 시작했다.

"크흑!"

"무, 무슨?"

"이, 이런 기운이라니?"

다들 엄청난 기운에 화들짝 놀라며 공작을 바라보았다.

이런 엄청난 기운을 뿌릴 수 있는 사람은 공작뿐이었으니까.

하지만 그들의 생각은 달랐다.

공작 역시 인상을 찡그리며 엄청난 기운에 대응하기 위해 노력하고 있었다.

"고, 공작님이 아니라고?"

"크흑! 그, 그럼 누구?"

"서, 설마?"

다들 설마 아니겠지 하는 표정으로 힘겹게 고개를 돌렸다.

그곳에는 한쪽 입꼬리가 말려 올라간 채로 자신들을 주시하는 삼 황자가 보였다.

삼 황자의 몸에서는 엄청난 기의 폭풍이 사방에 뿌려지고 있었다.

"이제야 저를 바라보시는군요."

그 모습에 대신들은 믿을 수 없는 표정으로 영웅을 바라보며 중얼거렸다.

"마, 말도 안 되는……."

"이것이 정말로 사, 삼 황자의 기운이라고?"

알렌 공작과 란티드 후작을 제외한 모든 이들이 삼 황자의 엄청난 모습에 경악하고 있었다.

재능이라곤 눈곱만큼도 없는 주제에 제국에서 사고란 사고는 다 치고 다니던 꼴통 아니었던가.

하지만 지금 그들의 눈앞에 있는 삼 황자가 내뿜는 포스는 제국의 황제에 비견되고 있었다.

"저, 저자가 우리가 알고 있던 그 삼 황자라고?"

그때 알렌 공작과 란티드 후작의 행동에 그들의 고개가 휙 하고 돌아갔다.

"신! 알렌! 삼 황자님을 뵈옵니다!"

"신! 란티드! 삼 황자님을 뵈옵니다!"

둘은 한쪽 무릎을 꿇고 고개를 숙인 채 영웅에게 인사를 올리고 있었다.

공작과 후작에게 저런 식의 인사를 받을 수 있는 사람은 제국에서도 오직 한 명뿐이었다.

황제.

칼빈 제국의 황제만이 공작과 후작에게 저런 극예우를 받을 수 있었다.

심지어 황제에게 하는 것보다 더 진중한 표정으로 삼 황자에게 인사를 올리고 있었다.

"오랜만이네, 란티드 후작."

제국의 후작을 향한 철저한 하대.

그런데도 란티드는 그것을 당연하게 받아들이고 있었다.

란티드 후작이 삼 황자에게 굴복하는 모습은 제국의 대신들에게 충격을 안겨 주었다.

제국의 후작 웰스 란티드.

그는 황제 앞에서도 저렇게 절도 있고 군기 가득한 모습을 보이지 않았다.

세상에 손꼽히는 강자이자 제국의 주요 전력으로 불리는 초월자 중 한 명이었기에 황제도 함부로 하지 못하는 인재가 바로 란티드였다.

란티드뿐 아니라 같은 초월자 중 한 명인 해리스 후작과 알렌 공작도 황제 앞에서는 일반적인 예의를 지킬 뿐 저렇게 절도 있는 모습을 보이진 않았다.

그런 초월자 란티드가 저렇게 긴장한 채 행동하고 있으니 사람들은 어리둥절한 표정을 지을 수밖에 없었다.

사람들은 지금 이 상황이 이해가 되질 않았다.

그런 사람들의 시선에는 아랑곳하지 않고 란티드는 충성 가득한 눈빛으로 영웅을 바라보고 있었다.

"주군! 소신의 부탁에 이리 와 주시니 이 은혜를 어찌 감당하겠습니까!"

제국의 후작의 입에서 주군이라는 단어가 튀어나왔다.

황제도 주군으로 섬기지 않던 그가 아니던가.

"란티드 후작! 지금 그게 무슨 소리요! 감히 황제 폐하를 두고 일개 황자에게 주군이라니! 반역이라도 하겠다는 뜻이오?"

해리스 후작이 분노 가득한 목소리로 란티드 후작을 나무라기 시작했다.

란티드 후작은 싸늘한 눈빛으로 해리스 후작을 바라보며 말했다.

"황제와는 서로 이해관계가 맞아 상부상조하는 관계지, 내가 모시는 주군이 아니오. 그러니 반역이 아니지."

"뭣이? 그게 무슨 망발이냐! 빌어먹을 자식! 그런 식으로 황제 폐하를 모독할 거면 당장 제국을 떠나라!"

"흥! 내가 제국을 떠나며 손해는 내가 아니라 제국이 볼 텐데?"

란티드의 차가운 대답에 해리스가 주먹을 불끈 쥐며 부들부들 떨었다.

당장 카쉬 제국과의 전쟁이 눈앞에 있는 이때 란티드 후작이 사라진다면 제국이 엄청난 피해를 볼 것은 자명한 일.

그렇기에 분하지만 더는 말을 못 하고 이렇게 속으로 삭일 수밖에 없었다.

그런 해리스의 마음을 조금이나마 풀어 준 것은 아이러니

하게도 바로 삼 황자, 영웅이었다.

"란티드, 네가 말하는 황제 폐하가 내 아버지시다. 기분이 나빠지려고 하는데?"

영웅의 말에 다들 시선이 란티드에게 집중되었다.

과연 저 독불장군이 란티드가 삼 황자의 말을 들을 것인가.

"주, 주군의 심기를 어지럽히다니! 소, 소신이 새, 생각이 짧았습니다! 소신을 벌하여 주시옵소서!"

란티드의 반응은 가짜로 하는 연기가 아니었다.

진심이 가득 담긴 표정으로 바닥에 엎드린 채 머리를 박아 가며 영웅에게 죄를 청하고 있었다.

그 모습에 해리스를 포함해 그곳에 있는 모든 대신이 멍한 표정으로 두 사람을 번갈아 가며 바라보았다.

"그만! 앞으로 나의 아버지를 대할 때 나를 대하듯이 해 주었으면 좋겠군."

"충! 주군의 말씀 뼈에 깊게 새겨 반드시 이행하겠나이다!"

란티드의 모습은 정말로 충절 가득한 무인의 모습이었다.

장내에 있는 대신들을 놀라게 하는 장면은 그게 끝이 아니었다.

"주군, 소신 역시 주군의 말씀을 따라 황제 폐하를 모시겠습니다."

알렌 공작의 말에 영웅이 고개를 끄덕이며 그의 어깨를 두드려 주고는 몸을 돌려 장내에 있는 사람들을 바라보았다.

　"이거 참. 어찌 보면 내 진정한 모습으로 처음 대면하는 날인데 이런 상황이라 조금 어색하군요."

　영웅의 말에 해리스 후작이 가장 먼저 정신을 차리고 물었다.

　"진정한 모습이라니요? 그럼 그동안 삼 황자께서 하신 행동들은 모두 거짓이었다는 말씀입니까?"

　"아, 진정한 모습보다는 다시 태어났다고 하는 편이 더 맞는 표현이겠군요."

　"다시 태어나셨다니?"

　"운이 좋아 강해질 수 있는 계기가 있었지요. 다만, 강한 힘에는 그 대가가 따르는 법인데……. 저는 기억을 그 대가로 지불했군요."

　"기억을 대가로 지불했다는 뜻은? 설마? 기억을 모두 잊으셨다는 말씀입니까?"

　"오! 역시 제국의 후작 지위는 아무나 받는 것이 아니군요. 이해력이 남다르십니다. 해리스 후작님이라고 하셨나요? 죄송하지만 제 기억에 없습니다. 기억나는 것은 제 가족들의 얼굴 정도겠군요. 그 외에는 아무런 기억이 없습니다."

　"그, 그런 일이……."

　해리스 후작은 믿을 수 없다는 표정으로 삼 황자를 바라보았다.

그런 해리스 후작에게 알렌 공작과 란티드 후작이 지원 설명을 해 주었다.

"삼 황자님의 말씀은 모두 사실이네. 기억을 잃은 대신 이 세상에서 그 누구도 범접하지 못할 정도의 힘을 얻으셨다네."

"주군의 힘이면 카쉬 제국이 아니라 마왕군이 온다 해도 걱정이 없소!"

"암! 그럼! 그렇고말고!"

서로 주거니 받거니 하며 무엇이 그리 즐거운지 웃고 있는 둘이었다.

저 둘은 정말로 삼 황자가 등장했으니 제국이 전쟁의 위험에서 벗어났다고 생각하는 것 같았다.

"공작 각하! 란티드 후작! 전쟁은 장난이 아닙니다! 아무리 삼 황자님께서 강하다 해도 인간이 할 수 있는 것에는 한계가 있는 법입니다!"

알렌 공작과 란티드 후작을 제외한 모든 이들은 해리스 후작의 말에 동의한다는 듯이 고개를 끄덕였다.

그에 알렌 공작이 해리스 후작을 지그시 바라보며 말했다.

"그대는 삼 황자님의 진정한 힘을 경험하지 못했기에 그런 소리를 하는 것일세."

알렌 공작의 말에 해리스 후작이 영웅을 바라보며 말했다.

"그럼 외람되오나 저희에게도 황자님의 진정한 힘을 보여 주시겠습니까?"

영웅은 고개를 크게 끄덕이며 말했다.

"좋습니다. 그것이 앞으로 대화하기도 편하겠군요. 자, 나가실까요?"

영웅이 이들을 데리고 간 곳은 벨리 마운틴 성으로 연결된 이동 마법진이었다.

제국의 도성 안에서 이들에게 힘을 보여 주었다간 한바탕 난리가 날 것이 뻔했기에 인적이 없는 벨리 마운틴 성으로 이들을 안내한 것이다.

이들 역시 도성 안이 시끄러워지는 것을 원치 않았기에 흔쾌히 고개를 끄덕이며 이동 마법진 안으로 들어갔다.

잠시 후, 이동 마법진에서 환한 빛이 새어 나오며 마법진 안의 사람들을 휘감았고 이내 그들의 모습이 그곳에서 자취를 감추었다.

마법 이동진을 통해 벨리 마운틴으로 이동한 사람들은 잠시 정신을 잃었다. 그들이 눈을 떴을 때 눈앞에 펼쳐진 광경은 그야말로 충격이었다.

그들의 눈앞에는 자신들을 이곳으로 데리고 온 삼 황자는 보이질 않고 네 마리의 거대한 드래곤이 이글거리는 눈으로 그들을 빙 둘러싸고 노려보고 있었다.

"헉! 드, 드래곤!"

"화, 환상인가?"

"사, 삼 황자님! 어, 어디에?"

사람들은 자신들의 눈앞에 펼쳐진 광경이 환상이라고 생각했다.

그리고 이내 정신을 차리고 다급하게 외쳤다.

저것이 환상이든 아니든 일단은 드래곤을 만나면 반드시 해야 할 일이 있었다.

"위, 위대한 조, 존재를 뵈옵니다!"

"뵈옵니다!"

사람들은 너 나 할 것 없이 엎드리며 외쳤다.

그래야만 했다.

지금 이들에게 또 다른 적을 만드는 것은 제국이 멸망으로 가는 지름길이었다. 그 적이 드래곤이라면 더더욱 몸을 사려야 했고 저들의 심기를 거슬리게 해서는 안 되었다.

왜 드래곤들이 이곳에 있는지, 왜 자신들이 그 드래곤 앞에 있는지는 생각할 겨를이 없었다.

그런 와중에 네 드래곤 앞에 한 청년이 뒷짐을 진 채로 서 있는 것을 발견했다.

드래곤들 사이에 태연하게 서 있다는 것은 인간으로 변신한 드래곤이라는 소리였다.

그들의 생각은 정확했다.

붉은 머리를 한 인간이 입가에 미소를 지으며 말했다.

"인간들이여. 이곳까지 오느라 수고했다. 우리 애들이 조금 격하게 환영을 한 것 같은데 미안하구나. 너희들, 이제 되었으니 인간으로 변해라."

붉은 머리의 청년, 아더의 말에 드래곤들이 일제히 환한 빛을 내뿜으며 인간의 모습으로 변했다.

사람들은 그들의 머리 색을 보고 저들이 어떤 종족인지 가늠했다.

'푸, 푸른 머리는 블루 드래곤일 것이고 금발은 골드 드래곤, 그리고 저 붉은 머리는 가장 포악하다는 레드 드래곤.'

돌아가는 상황을 보니 붉은 머리의 청년이 이들의 대장으로 보였다.

그들의 예상대로 붉은 머리 청년의 명령에 다른 드래곤들이 빠릿빠릿하게 움직이고 있었다.

다들 오들오들 떨며 지금 이 상황에 대해 파악하려 애쓸때, 뒤에서 반가운 목소리가 들려왔다.

"하하, 정신이 들었습니까?"

사람들이 다급하게 뒤를 돌아보니 그곳에는 삼 황자, 영웅이 미소를 지으며 이들을 바라보고 있었다.

"사, 삼 황자님! 이, 이게 어찌 된 일입니까?"

"아, 죄송합니다. 이동 마법진을 설치한 수하가 의욕이 넘치다 보니 마법진에 마나를 초과하여 집어넣은 모양입니다. 그 때문에 여러분들이 기절한 것으로 보입니다."

사람들이 궁금한 것은 그것이 아니었다.

그때 사람들의 눈에 들어온 것은 자신들과 같이 있던 알렌 공작과 란티드, 그리고 해리스였다.

해리스 후작은 경지가 남달랐기에 다른 이들처럼 기절은 하지 않았다.

그 덕에 제일 먼저 드래곤의 존재를 알게 되었고 영웅이 얼마나 대단한 사람인지를 가장 먼저 깨닫게 된 것이다.

해리스 후작은 그저 조용히 구석에 서서 영웅이 하는 이야기를 경청만 하고 있었다.

그런 해리스 후작의 모습에 무언가 잘못되었다는 것을 깨달은 사람들은 침을 꿀꺽 삼키며 조금 전에 드래곤의 모습을 하고 있던 네 사람을 힐끔 쳐다보았다.

"너희들 혹시 결례를 저지르거나 하진 않았겠지?"

드래곤들을 힐끔 쳐다보고 있는데 삼 황자가 드래곤들에게 저런 소리를 하는 것이 아닌가.

다들 기겁을 하며 격렬하게 손사래를 치기 시작했다.

"무, 무슨 말씀입니까! 겨, 결례라니요! 아닙니다! 아니에요!"

"맞습니다! 삼 황자님! 이분들은 전혀 결례를 저지르거나 하지 않으셨습니다!"

이들의 반응에 영웅이 눈을 게슴츠레 뜨자 네 드래곤이 일제히 고개를 숙이며 외쳤다.

"아, 아무 짓도 하지 않았습니다! 그저 일어날 때까지 이들을 지키고 있었던 것밖에 한 일이 없습니다!"

드래곤이 인간에게 고개를 숙이는 것도 모자라 극존대를 하고 있었다.

"끄어어어……."

이 말도 안 되는 장면에 사람들은 충격에 기절하거나 자신을 뺨을 때리는 등 이상한 행동을 하기 시작했다.

"내가 좀 심했나?"

영웅이 나직하게 알렌 공작에게 물으니 알렌 공작이 고개를 끄덕이며 대답했다.

"심하셨지요. 저도 지금 심장이 두근대서 죽겠는데요. 저들은 오죽하겠습니까? 안 그렇소? 해리스 후작?"

"네? 네! 마, 맞습니다!"

해리스 후작은 이미 저 드래곤들과 인사를 나눈 상태였다.

'드, 드래곤들이 모시는 주인이 인간이라고 한다면 아무도 믿지 않겠지……. 그 인간이 제국의 망나니였던 삼 황자라고 하면 더욱더…….'

해리스 후작은 침을 꿀꺽 삼키며 영웅을 바라보았다.

그는 왜 알렌 공작과 란티드 후작이 삼 황자에 대해 확고

한 믿음을 가졌는지 확실하게 깨달았다.

그리고 왜 전쟁에서 승리를 확신하는지도 알았다.

드래곤이 무려 다섯이었다.

하나만 나타나도 제국이 사활을 걸고 막아야 하는데 그런 드래곤이 무려 다섯이었다.

저 정도 전력이면 두 제국이 연합을 해도 상대할 수가 없었다.

거기에 저 아더라는 이름을 가진 드래곤의 힘은 자신이 상상하던 드래곤의 힘을 아득히 초월하고 있었다.

'다른 드래곤이 아니라 저 아더라 불리는 레드 드래곤만 참전해도 전쟁은 그냥 끝난다. 더욱이 드래곤들이 한편이라면 앞으로 다가올 마왕군의 일전도 더는 두려워하지 않아도 된다.'

그리 생각하니 눈앞에 있는 삼 황자가 얼마나 대단한 사람인지 알게 되었다.

삼 황자는 저 드래곤들을 제약 같은 것으로 다루는 것이 아니었다.

정말로 드래곤들이 삼 황자의 힘에 진심으로 굴복하고 따르는 게 보였다.

레드 드래곤을 제외한 네 드래곤의 눈빛에 그것이 확실하게 보였다.

삼 황자를 볼 때마다 보이는 두려움의 눈빛.

그것이 증거였다.

―주군의 힘은 신과 필적한다. 나 같은 드래곤은 그분 앞에서 한낱 개미 같은 존재일 뿐.

해리스 후작의 머릿속에서 아더가 자신에게 해 주었던 말이 떠올랐다.

'저 무서운 드래곤이 일격도 안 된다니……. 도대체 얼마나 강한 힘을 지니신 것일까?'

해리스 후작의 눈빛은 경계심 가득했던 모습에서 존경심 가득한 눈빛으로 변해 가고 있었다.

드래곤이 무엇인가.

지상에 있는 모든 세계를 조율하고 균형을 맞추는 조율자이자 신에 필적하는 존재였다.

그런 존재를 동료도 아니고 수하로 거느리고 있으니, 어찌 존경심이 생기지 않을 것인가.

아직 영웅의 진정한 힘을 직접 보지는 못했지만 안 봐도 알 것 같은 기분이었다.

그러다가 표정 변화가 들쑥날쑥 심해지기 시작했다.

머릿속에서 온갖 잡생각들이 끊임없이 떠오른 탓이었다.

'삼 황자가 차기 황제가 되면 제국의 미래는 찬란 그 자체 겠군. 다섯 드래곤이 지키는 제국이라니. 그 누가 범접하겠

는가. 그러기 위해선 지금의 황태자 전하가 내려오셔야 할 텐데……'

알렌 공작과 란티드 후작은 실시간으로 표정이 변하는 해리스 후작을 보며 왜 저러는지 대충 짐작했다.

영웅 역시 무엇 때문에 저리 표정 변화가 심한 것인지 짐작하고 있었다.

"저는 황위에는 전혀 관심이 없으니 쓸데없는 생각 중이라면 그만두는 것이 좋습니다. 저는 지금처럼 자유롭게 살 것입니다. 아시겠습니까?"

"네? 네! 아, 알겠습니다!"

"그리고 저기 있는 드래곤들이 제국을 수호해 줄 것이니, 제가 아니어도 제국은 오랫동안 번영할 것입니다."

자신이 아니어도 드래곤들이 제국을 수호한다고 확답해 주니, 그제야 해리스 후작의 얼굴이 환하게 펴졌다.

가장 염려했던 부분을 영웅이 깔끔하게 정리해 준 것이다.

그 모습에 알렌 공작과 란티드 후작이 흐뭇한 미소를 지으며 바라보았다.

다만 지목당한 네 드래곤의 표정이 별로 좋지 않아 보였다.

"왜? 싫어? 싫으면 지금 말해."

영웅의 말에 네 드래곤이 화들짝 놀라며 고개를 맹렬하게 저었다.

"아, 아닙니다! 조, 좋습니다!"

"어, 어떻게 하면 제, 제국을 잘 수호할 수 있을지 생각 중이었습니다!"

"맞습니다! 저희가 책임지고 반드시 칼빈 제국을 수호하겠습니다! 믿어 주십시오!"

"매, 맹약이라도 하시라고 하면 하겠습니다!"

마지막에 나온 말에 영웅의 눈빛이 반짝였다.

"아하! 맹약! 그래 그게 있었지? 그거 좋다! 맹약을 어기면 너희의 드래곤 하트가 파괴된다고 했던가? 다들 모여 봐."

마지막에 맹약 이야기를 한 드래곤은 아차 하는 표정으로 고개를 푹 숙였고 나머지 드래곤들을 그 드래곤을 잡아먹을 기세로 노려보았다.

결국, 울며 겨자 먹기 식으로 맹약을 맺고 제국의 수호 드래곤이 돼 버린 드래곤들이었다.

그리고 정신을 잃고 쓰러진 나머지 대신들은 제국 역사에 길이 남을 이 엄청난 모습을 보지 못해 훗날 땅을 치고 후회했다는 풍문이 들려왔다.

⚊⚊

사람들이 현 상황에 적응하고 안정을 취할 수 있도록 충분한 시간을 주었다. 이후 다시 대화를 이어 가기 위해 한자리에 모인 제국인들과 영웅.

이번 장소는 벨리 마운틴 성에 있는 회의실이었다.

"그러니까 마왕이 세상에 강림했다 이 말입니다! 온 세상이 힘을 합쳐서 앞으로 몰려올 마왕군을 대비해야 하는데 지금 우리 제국과 카쉬 제국이 전쟁을 앞두고 있으니……."

"맞습니다. 솔직히 저희는 전쟁을 원하지 않습니다. 하지만 카쉬 제국 옹졸한 놈들이 눈이 뒤집혀서 물러서질 않으니 미칠 노릇입니다."

이들은 영웅에게 제국의 상황을 하소연하고 있었다.

지금 이 엄청난 위기를 극복할 수 있는 최상의 수가 바로 영웅이었으니 그에게 이렇게 매달리는 것이다.

영웅은 대신들의 말을 듣고는 입을 열었다.

"그러니까 쟤가 문제라는 얘기네요. 그렇죠?"

영웅이 가리킨 곳에는 고홈 용병단장이 이곳을 바라보며 서 있었다.

"아닙니다. 저분이 무슨 잘못이 있습니까? 애초에 카쉬 제국에 속했던 사람도 아닌데요. 그냥 저놈들이 문제입니다."

"아니, 쟤 말고 쟤. 쟤가 문제라고 그랬잖아요. 방금."

사람들은 고개를 갸우뚱하며 영웅이 가리키는 방향으로 다시 고개를 돌렸다.

그곳에는 구릿빛 피부를 자랑하는 건장한 청년이 팔짱을 낀 채 시큰둥한 표정을 지으며 사람들을 바라보고 있었다.

대신들이 고개를 갸우뚱거리며 물었다.

"저분이 고홈 용병단장입니까? 저희가 아는 정보로
는……."

"흠, 이거 말해 주면 다들 또 놀라 기절할 거 같은데……."

그 말에 대신들이 피식하고 웃었다.

드래곤이 사방에 깔려 있고 그 드래곤이 인간을 향해 복종
하는 모습까지 본 마당에 더 놀랄 일이 뭐가 있단 말인가.

"저놈이 마왕이에요. 이번에 강림했다는……."

"……네?"

"네……?"

사람들은 다시 귀를 후비기 시작했다.

그리고 다시 영웅을 바라보았다.

제대로 듣지 못했으니 다시 말해 달라는 표정을 지으며 말
이다.

"저놈이 마왕이라고요. 이번에 강림했다는 그 마왕. 모든
세상이 힘을 합쳐서 막아야 한다는 재앙."

더는 놀랄 일이 없을 줄 알았다.

하지만 그것은 자신들만의 커다란 착각이었다.

"그, 그, 그게 무, 무슨 말씀입니까?"

"노, 농담을 그, 그렇게 하시면 아, 안 됩니다! 사, 삼 황자
님!"

"마, 맞습니다! 어, 어서 노, 농담이라고 말씀해 주십시오!

제, 제가 지금 시, 심장이 너무 떨려서…….”

이들은 지금까지 살면서 이렇게 간절한 마음으로 무언가를 바랐던 적이 없었다.

대신들뿐 아니라 알렌 공작과 란티드 후작, 해리스 후작 역시 들고 있던 찻잔을 떨어뜨리며 경악한 얼굴로 영웅을 바라보고 있었다.

특히 알렌 공작과 란티드 후작은 영웅이 방금 한 말이 절대로 거짓이 아님을 알기에 더욱더 놀랐다.

영웅이 방금 터트린 엄청난 이야기의 진실은 마왕 본인이 인정하면서 사실이 되었다.

“쳇! 맞다. 내가 마계의 마왕 바일이다. 반갑다, 인간들이여.”

마왕 바일의 말에 사람들의 표정이 울상으로 변해 갔다.

저 사람도 영웅의 장난에 동참하여 자신들을 놀리는 것이길 바랐다.

하지만 곧 그의 말이 사실임을 알려 주는 엄청난 마기가 그곳을 가득 채웠다.

“헉!”

“마, 말도 안 되는!”

알렌 공작은 마왕의 기운에 기겁했다.

“이, 이런 기운이라니…….”

지금까지 상상만 해 왔던 마왕의 진정한 힘은 자신들의 상상이 얼마나 작고 하찮은 것이었는지를 깨닫게 해 주었다.

'이, 이래서……. 서, 선조들이 그토록 강조하고 또 강조했구나. 마왕이 강림하면 모든 분란을 중지하고 하나가 되어야 한다고.'

문제는 카쉬 제국은 이 힘을 모른다는 것이다.

'가만! 카쉬 제국 놈들이 마왕의 진정한 힘을 느낀다면?'

알렌 공작의 머릿속에서 아이디어가 번쩍하고 떠올랐다.

상황을 보니 마왕은 영웅에게 진 것이 분명했다.

그러지 않고서야 이곳에 마왕이 있을 리도, 저렇게 얌전하게 행동할 리도 없었다.

'과연! 대단하시구나. 설마하니 마왕까지 굴복시키시다니.'

그리 생각하니 마음이 세상 편해졌다.

알렌 공작은 헛기침하며 분위기를 전환시켰다.

"험험! 삼 황자님. 소신이 한 가지 질문을 드려도 되겠습니까?"

"응, 말해 봐."

"저, 저기……. 그러니까 저기 저분……. 마, 마왕께서는 황자님과 어떤 관계이신지 알 수 있을까요?"

일단은 이것이 가장 중요한 문제였다.

어떤 관계인지를 알아야 앞으로 문제를 의논할 것이 아닌가.

"응, 내 동생."

"네?"

더는 놀라지 않을 것이라 다짐했지만, 그 다짐은 얼마 가지 못해 또 깨졌다.

"지, 진짜 도, 동생입니까?"

심장이 벌렁벌렁 떨리기 시작하는 알렌 공작이었다.

"아니, 의동생 맺었어. 나를 제법 즐겁게 해 주었거든."

그리 말하며 그때의 짜릿함을 생각하는지 행복한 표정을 짓는 영웅이었다.

그 모습을 못마땅하게 바라보는 마왕과 대조해 보니, 영웅의 말이 사실인 것 같았다.

아니었다면 마왕이 저리 얌전히 있을 리가 없었다.

그런 알렌 공작의 생각에 영웅이 쐐기를 박아 넣어 주었다.

"안 그러냐?"

"네? 네! 혀, 형님!"

"봐, 맞지?"

영웅이 미소 가득한 표정으로 궁금했던 점을 해소해 주자 그제야 환한 미소를 지으며 자기 생각을 이야기하는 알렌 공작이었다.

"그, 그렇다면 신에게 좋은 생각이 있습니다!"

"그래? 어떤 생각?"

알렌 공작은 자기 생각을 영웅과 사람들에게 이야기했고 사람들은 영웅과 마왕의 눈치를 살폈다.

영웅은 알렌 공작의 이야기를 듣고 손뼉을 치며 즐거워했다.

"하하하! 그거 재밌겠다! 당장 하자. 바일! 들었지? 준비해!"

"네? 지금요?"

"왜? 항상 대기하고 있다며. 네 말이면 당장이라도 수백만 마왕군이 지상으로 온다며?"

"그, 그건 사실이지만……."

"믿어! 동생!"

영웅이 한쪽 눈을 찡긋하고는 사람들을 데리고 밖으로 나갔다.

빈방에 홀로 남은 마왕 바일은 자신도 모르게 눈물이 나오려 하고 있었다.

"크흑! 이게 무슨 처지란 말이냐."

그래도 어쩌겠는가.

자신이 어찌할 수 없는 괴물의 말이다.

자신보다 강한 이를 따르는 것은 마족의 숙명.

마왕은 침울한 표정으로 영웅이 부탁한 일을 준비하기 위해 무거운 몸을 움직이기 시작했다.

칼빈 제국의 요충지, 라그나로크에 비장한 기운이 흐르고 있었다.

라그나로크 주변을 둘러싼 카쉬 제국의 대군이 진영을 모두 짜고 서서히 움직이기 시작한 것이다.

이제 본격적인 전쟁이 코앞이었다.

라그나로크를 지휘하고 있는 총지휘관 리차드 백작이 굳은 표정으로 성 아래 상황을 주시하고 있었다.

"놈들이 움직인다. 전군 전투준비!"

리차드 백작의 외침에 일사불란하게 움직이는 병사들의 발소리와 병기 소리가 성 곳곳에서 들려왔다.

그와 동시에 성 아래 카쉬 제국군 진영에서 거대한 나팔 소리가 울려 퍼졌고 지축이 흔들리면서 대군들이 일제히 성을 향해 돌격하기 시작했다.

드디어 두 제국 간의 첫 전투가 시작되는 순간이었다.

"놈들이 사정거리에 들어오면 곧바로 자유 사격을 시작하라!"

리차드 백작의 명령이 사방팔방에 퍼져 나갔다.

백작의 명을 들을 병사들이 일제히 활시위를 당기고 성 아래를 조준하기 시작했다.

성벽에는 마법사들이 언제든지 마법을 난사할 준비를 하

고 있었고, 창병들 역시 비장한 표정으로 다가오는 대군을 바라보고 있었다.

리차드 백작은 시시각각 표정이 바뀌며 어찌 대응할지 고민하고 있었다.

그때 뒤에서 목소리가 들려왔다.

"여기에 있었군."

갑작스럽게 들려오는 목소리에 화들짝 놀라 뒤를 돌아보니, 그곳에는 알렌 공작이 주변을 두리번거리며 서 있었다.

"헉! 고, 공작 가, 각하! 어, 언제 이곳에?"

"아, 방금 텔레포트를 이용해서 왔네. 상황은 어떤가?"

알렌 공작의 말에 리차드 백작이 정신을 차리고 지금 상황에 관해 설명을 해 주었다.

그러자 알렌 공작이 이상한 소리를 하는 것이 아닌가.

"그렇군. 전군에게 지시를 내리게. 공격하지 말고 대기하라고."

"네?"

이게 무슨 소리란 말인가?

적군이 지금 물밀듯이 밀려오는데 공격하지 말고 대기하라니.

순간적으로 지금 자신의 눈앞에 있는 자가 자신이 아는 알렌 공작이 아니라 카쉬 제국에서 보낸 첩자가 아닐까 하는 생각이 들 정도였다.

리차드 백작은 알렌 공작의 말에 표정을 굳히고는 순식간에 자신의 검을 꺼내 공격을 해 갔다.

스캉—!

눈에 보이지도 않을 속도로 휘둘렀음에도 알렌 공작은 여유롭게 그것을 받아 내며 웃었다.

"성격 급한 것은 여전하군. 내 누누이 말하지 않았는가. 자네는 그 성격 급한 것만 고쳐도 한 단계 더 발전할 것이라고."

검을 휘두른 리차드 백작은 알렌 공작의 말에 눈을 동그랗게 떴다.

저 이야기는 항상 알렌 공작이 자신을 보면 해 주었던 조언이었다.

그것을 아는 이는 아무도 없었다.

단둘이 있을 때만 해 주던 조언이었으니까.

"뭐, 지금은 상황이 상황이니 이해는 되는군. 나라도 공격을 했을 거야. 암! 그렇고말고."

"저, 정말로 알렌 공작 각하가 맞으시는군요. 그런데 어찌 이런 명령을 내리시는 겁니까?"

리차드 백작은 알렌 공작이 왜 대기하라고 명했는지 그 이유를 알기 위해 생각하고 또 생각했다.

그렇게 리차드 백작이 심각하게 고민하고 있을 무렵, 알렌 공작의 모습은 반면에 세상 평온해 보였다.

적들이 무서운 기세로 성을 공략하기 위해 돌격하는 이 마당에 세상 태평한 모습으로 마치 재미난 구경을 하는 것처럼 행동하는 알렌 공작이 이해가 되질 않았다.

"공작님, 저의 우매한 머리로는 도저히 공작님의 생각을 읽지 못하겠습니다. 부디 가르침을 내려 주십시오!"

결국 리차드 백작이 고개를 숙이며 알렌 공작에게 설명을 요구했다.

그러자 알렌 공작이 미소를 지으며 손가락으로 한 곳을 가리켰다.

리차드 백작은 알렌 공작이 가리키는 방향으로 고개를 돌렸다.

그곳에는 검은 무언가가 일렁거리고 있었다.

저것이 무엇인가 자세히 보려는 그때 일렁거리던 무언가가 점점 더 커졌고, 이내 그 안에서 엄청난 양의 마기가 흘러나오기 시작했다.

세상을 집어삼킬 것 같은 엄청난 양의 마기가 전쟁이 막 시작된 전장을 뒤덮었다.

그 마기에 화들짝 놀란 카쉬 제국의 병사들이 진격을 멈추고 일렁거리는 검은 무언가를 바라보았다.

그들의 눈에는 알 수 없는 공포가 새겨지고 있었다.

일렁이는 무언가에서 나오는 마기는 사람의 원초적인 공포를 자극했고, 이곳에 있는 모든 인간을 경직되게 만들기 충분했다.

"저, 저게 뭐야?"

"나, 나도 몰라. 저런 건 처음 봐!"

"뭐지? 도, 도망가야 할 것 같은 이 기분은?"

"무, 무서워! 무섭다고! 미친 듯이 무서워!"

병사들은 공포에 질린 눈빛으로 점점 커지는 검은 무언가를 바라보았다.

움직임을 멈춘 것은 병사들뿐이 아니었다.

전쟁을 진두지휘하던 카쉬 제국의 장수들 역시 그것을 멍하니 바라보고 있었다.

"저게 뭐야?"

"칼빈 제국 놈들이 준비한 무언가인가?"

다들 이를 악물고 저게 무엇인지 파악하려는 그때, 신성 제국의 사절단들이 경악한 표정으로 뒷걸음질 치면서 외쳤다.

"이, 이건! 마, 마왕의 기운! 마, 맙소사! 마, 마왕이 가, 강림하고 있어!"

신성 제국 사절단의 외침에 카쉬 제국의 장수들의 눈이 동그랗게 커지며 신성 제국 사절단을 바라보며 외쳤다.

"그, 그게 무슨 말이오?"

"마왕의 기운이라고? 이, 이것이?"

"미친! 과연이라고 해야 하나?"

장수들은 마왕의 기운이라는 말이 대번에 와닿았다.

자신들도 알 수 없는 공포에 휩싸여서 쉽게 움직이지 못할 정도로 강한 기운이 이곳 전체를 옭아매고 있었다.

심지어 그 기운은 점차 더 강해졌다. 장수들 역시 그 기운을 느끼며 침음을 삼켰다.

"제길! 이, 이런 기운이라니. 이건 사기야."

"말도 안 되는 기운입니다! 왜 신성 제국이 모든 제국과 왕국이 연합을 해야 한다고 주장하는지 이해가 됩니다."

장수들의 말에 신성 제국의 사절단들이 달려와 말했다.

"이제는 아시겠습니까? 문제는 저게 끝이 아니라는 겁니다! 마왕이 이렇게 대놓고 기운을 뿌린다는 것은 자신 혼자 강림한다는 소리가 아닐 겁니다! 수백만에 달하는 마왕군과 함께 지상에 내려오고 있다는 소리입니다! 지금이라도 늦지 않았습니다! 칼빈 제국과 휴전을 맺으시고 연합을 해야 합니다. 어서요!"

"끄응! 아무리 그래도……."

"저걸 보고도 지금 그런 소리가 나오십니까? 지금도 늦었단 말입니다!"

3장

카쉬 제국의 장수들은 라그나로크와 일렁이는 검은 아지
랑이를 번갈아 바라보며 난감한 표정을 지었다.

그도 그럴 것이 자신들 맘대로 휴전을 맺고 자시고 할 수
있는 위치가 아니었기 때문이다.

일단 그랬다가는 황명을 어기는 것이 될 테고 나중에 상황
설명을 한다 해도 황제가 믿어 줄지도 의문이었다.

쉽사리 결정을 내리지 못하는 카쉬 제국의 장수들을 보며
답답한 나머지 가슴을 두드리는 신성 제국의 사절단이었다.

그때, 카쉬 제국의 장수들을 구원하는 목소리가 들려왔다.

"무슨 일이냐!"

심상치 않은 기운을 느낀 사령관이 후방에 있다가 이곳으

로 달려온 것이다.

"바, 바스라 공작님!"

칼빈 제국에 알렌 공작이 있다면 카쉬 제국엔 바스라 공작이 있었다.

제국 최강의 검이라 불리는 바스라 공작은 전장과 멀리 떨어진 후방에까지 느껴지는 엄청난 기운에 화들짝 놀라서 빠르게 전장으로 달려온 것이다.

"상황 보고부터 하라!"

"마, 마왕이 강림하는 중이라고 합니다!"

"뭐? 그게 무슨 말이야?"

"저, 저기……."

설명하려는 그 순간 일렁거리던 아지랑이가 움직임을 멈추더니 소용돌이치듯이 돌기 시작했다.

그리고 정말로 순식간에 응축되더니 엄청난 힘을 뿌리며 허공에 거대한 구멍을 만들었다.

모든 사람의 시선이 그것에 몰린 그때 구멍에서 소름이 쫙 돋는 엄청난 굉음이 들려왔다.

크에에에에에에에-!

끼아아아아아악-!

카르르르릉-!

지옥의 밑바닥에서나 들릴 법한 굉음이 들려오면서 거대해진 구멍을 통해 기괴하게 생긴 생물체들이 모습을 드러내기 시작했다.

크아아아아아앙-!

얼굴은 말의 모습을 했는데 몸은 거대 코끼리의 모습을 한 생명체와 뱀의 몸에 새의 얼굴을 한 마물, 악어의 몸에 사마귀의 얼굴을 한 기괴한 생명체들까지. 수많은 마물이 지축을 흔들며 구멍 밖으로 튀어나오고 있었다.

사람들은 그것을 그저 멍하니 바라만 보고 있을 뿐이었다.

"고, 공격해요! 마계에만 존재하는 마계의 마, 마수입니다!"

신성 제국 사절단의 외침에 바스라 공작이 정신을 차렸다.

하지만 튀어나온 마수 무리는 얼어붙어 있는 카쉬 제국군에 가까이 다가간 상태였다.

이대로는 자신의 제국 병사들이 개죽음을 당할 판이었다.

그때였다.

"공격!"

전장에 있는 모든 이들의 귀에 한 남자의 목소리가 또렷하게 들렸다. 그 목소리를 기점으로 거대한 화염 덩어리들이 마수들을 향해 날아갔다.

화르르르륵-!

퍼펑- 펑펑펑-!

끼에에엑-!

거대한 파이어 볼에 적중당한 마수들은 괴로워하다가 고통에 화가 났는지 카쉬 제국군이 아닌 라그나로크로 몸을 돌려 달려가기 시작했다.

두두두두두두-!

엄청난 먼지를 일으키며 라그나로크를 향해 맹렬하게 돌진하는 마수들.

그들을 향해 칼빈 제국군이 거세게 공격을 퍼부었다.

"쏴라! 인정사정 봐주지 말고 공격하라!"

핑- 피피피피피핑-!

콰콰쾅-!

끼에에에엑-!

하늘을 가득 뒤덮은 화살들과 마법들이 라그나로크를 향해 달려오는 마수들을 하나둘씩 쓰러뜨리고 있었다.

마치 종말 직전의 모습을 보는 듯한 광경.

그 모습을 본 바스라 공작이 주먹을 불끈 쥐고 외쳤다.

"뭣들 하느냐! 칼빈 제국을 도와 저 빌어먹을 괴물들을 물리쳐라!"

바스라 공작의 명령에 누가 적인지 확실해진 것이다.

그 명령에 허둥대거나 멍하니 서 있던 병사들의 눈에 다시 결연함이 차오르기 시작했다.

"저 빌어먹을 칼빈 제국 놈들에게 도움만 받을 셈이냐? 우리는 대카쉬 제국의 정예들이다! 공격하라!"

"와아아아아아!"

"공격하라!"

바스라 공작의 외침에 언제 의기소침했냐는 듯 일제히 거대한 함성을 외치며 일사불란하게 군진(軍陣)을 짜는 카쉬 제국군이었다.

그 모습을 성 위에서 지켜보던 알렌 공작은 고개를 끄덕였다.

"과연 대단하군. 제대로 붙었다면 우리도 피해가 막심했겠어."

"그, 그렇습니다. 저자가 카쉬 제국의 명장이라는 바스라 공작이겠죠?"

"그렇겠지. 카쉬 제국 최강의 검, 예리체니 바스라. 명불허전이군."

알렌 공작의 말에 리차드 백작은 고개를 끄덕이다가 알렌 공작을 바라보며 물었다.

"그런데 어찌 아셨습니까? 마왕군이 이곳에 강림한다는 것을요."

"그건 나중에 말해 주겠네. 일단 지금은 두 제국이 힘을 합쳐 저 마물들을 물리치는 것이 먼저겠지."

"알겠습니다!"

리차드 백작이 전장을 지휘하기 위해 자리를 뜨고 난 뒤, 알렌 공작은 품속에서 무언가를 꺼냈다.

작은 유리구슬이었는데 알렌 공작이 그것을 문지르자 영웅의 얼굴이 나타났다.

바로 통신 구슬이었다.

"모든 준비가 다 되었습니다. 다행히 카쉬 제국도 저희와 연합해서 마왕이 보낸 마수들을 상대하고 있습니다."

ㅡ알았다. 두 번째 연극을 시작하라고 전하지.

꼬에에에에엑ㅡ!

쿵ㅡ!

마지막 남은 마수가 쓰러지면서 괴성을 내질렀고 사람들은 지친 표정으로 그것을 바라보았다.

"헉헉헉! 끝났나?"

"마지막 놈까지 쓰러뜨렸다! 우리가 이겼다!"

"만세! 와아아아아아!"

카쉬 제국군과 칼빈 제국군은 너 나 할 것 없이 일제히 함성을 지르며 승리를 기뻐했다.

리차드 백작 역시 입가에 미소를 가득 머금은 채 승리를 만끽하며 알렌 공작에게 달려갔다.

"이겼습니다! 하하하! 마계 놈들도 생각만큼 강하진 않은 것 같습니다."

리차드 백작의 말에 알렌 공작은 굳은 표정을 지으며 말했다.

"저것들은 마계의 주력이 아니야. 그저 사람들에게 공포를 심어 주기 위해 들개 같은 동물들을 먼저 보낸 것일 뿐이야."

"네?"

리차드 백작은 알렌 공작의 말에 서서히 표정이 굳었다.

"그게 무슨 말씀입니까?"

"마왕군이라고 했네. 마왕군! 자네 눈에는 저게 군대로 보이나?"

알렌 공작의 말에 리차드 백작은 역겨운 냄새를 풍기며 쓰러져 있는 마수들을 바라보았다.

아무리 좋게 생각해도 군대로는 보이지 않았다.

"그럼?"

"진짜는 오지 않았다. 그리고 그 진짜가 다가오는 것이 느껴진다."

알렌 공작은 이것이 연극임을 알면서도 진짜 마왕군의 힘에 경악을 금치 못하고 있었다.

'연극이 아니라 실제였다면……'

생각하기도 싫었다.

만약 영웅이 없었다면 이 세상은 정말로 종말을 맞이했을지도 몰랐다.

오랜 세월 동안 인간계를 공략하기 위해 준비한 마왕군의 힘은 자신들의 상상을 아득히 초월하는 것이었다.

자신도 모르게 주먹을 꽉 쥐고 부들거리는 알렌 공작의 모습에 리차드 백작이 침을 꿀꺽 삼켰다.

칼빈 제국 최강자가 지금 긴장을 하고 있었다.

리차드 백작은 자신도 모르게 부르르 떨리는 몸을 돌려 마수들을 쏟아 내었던 검은 구멍을 바라보았다.

한편, 알렌 공작이 느낀 공포는 카쉬 제국의 바스라 공작 역시 느끼고 있었다.

'뭐, 뭐야? 이건? 마, 말도 안 되잖아! 이건 말이 안 돼! 시, 신이시여!'

바스라 공작 역시 피가 흐르는지도 모르고 주먹을 움켜쥔 채 부들부들 떨고 있었다.

그 모습에 기뻐하던 장수들이 환호를 멈추고 바스라 공작을 바라보았다.

"공작 각하?"

"저, 전군 신속하게 방진을 짜라고 명하라! 어서! 시간이 없다!"

"네? 네!"

장수들이 바스라 공작의 명을 실행하러 이동하려는 그때 또다시 지축을 울리는 엄청난 소리가 들려왔다.

두두두두두두─!

"뭐야?"

장수들은 그제야 심상치 않다는 것을 깨닫고는 고개를 돌렸다.

"맙소사! 저게 뭐야?"

"저, 저게 다……."

검은 구멍에서 셀 수도 없을 정도의 엄청난 괴수들이 달려나오기 시작했다.

아까 마구잡이로 튀어나오던 마수들과는 다른 모습의 괴수들이었다.

일단 창을 들고 있었고, 몸에는 갑옷을 둘렀으며, 전체적으로 검은 고양이의 모습을 하고 두 다리로 걷고 있었다.

심지어 지능도 있는지 바깥으로 나온 괴수들은 인간의 군대와 비슷하게 진형을 만들기까지 하고 있었다.

문제는 그것이 아니었다.

바스라 공작과 카쉬 제국의 모든 병사를 공포에 떨게 만드는 진짜가 모습을 드러냈다.

"크크크크크. 나를 마중 나온 것이냐? 인간들이여?"

언제 나타났는지 세상을 발아래로 굽어보며 사악한 미소를 날리고 있는 거대한 생명체.

털썩-!

"마, 마왕……."

신성 제국 사절단이 바닥에 주저앉으며 중얼거렸고 그 소리는 바스라 공작과 장수들의 귀에 들어갔다.

"마왕? 마왕이라고!"

"저, 저게?"

장수들이 놀라 큰 소리로 외친 소리는 카쉬 제국군 전체에 퍼졌다.

순식간에 제국군 전체가 당황하여 함께 웅성거리기 시작했다.

그것을 즐거운 표정으로 지켜보던 마왕이 입을 열었다.

"크크크. 오랫동안 기다렸구나. 오냐! 이제 보여 주마. 세상의 종말이 무엇인지를 말이다."

마왕 바일의 입에서 인간계의 종말 선언이 흘러나왔다.

사람들은 저마다 침을 꿀꺽 삼키며 자신들이 들고 있는 무기를 있는 힘껏 움켜쥐었다.

그들의 가슴 깊은 곳에 마왕으로부터 자신의 조국과 가족을 지켜야 한다는 각오가 새겨지고 있었다.

한편, 마왕 바일은 속으로 구시렁거리고 있었다.

'빌어먹을 이런 오글거리는 대사라니. 나는 이딴 말을 하지 않는다고!'

그랬다.

조금 전에 한 말은 전부 잘 짜여진 각본이었다.

'크흑! 나는 먼저 모든 것을 전부 파괴하고 시작한다고…… 이렇게 친절하지 않다고!'

생각 같아선 연극이고 뭐고 다 때려치우고 마계로 도망가고 싶었지만, 이미 영웅과 계약을 강제로 맺은 상태였기에 이러지도 저러지도 못하고 속으로 울부짖는 바일이었다.

　보통 계약이라고 하면 자신을 소환한 인간과 기브 앤 테이크, 무언가를 주고받으며 하는 것이 일반적이었다.

　하지만 바일은 그런 거 없었다.

　맞기 싫으면 해야 했다.

　'저놈들은 알까? 진짜 마신 같은 놈이 인간 행세를 하며 이곳에 있다는 사실을……..'

　바일은 한참 동안을 말없이 내려보다가 정신을 차렸다.

　'일단 시키는 대로 해야겠지.'

　바일은 조용히 손을 들어 기운을 모았다.

　그의 오른손에 엄청난 기운이 모이더니, 오른손 주변 공간이 그 기운 때문에 일그러지기 시작했다.

　그 모습에 온몸에 식은땀을 흘리던 바스라 공작은 자신의 검을 있는 힘껏 움켜쥐며 말했다.

　"빌어먹을. 저걸 내가 막을 수 있을지 모르겠네."

　바스라가 홀로 중얼거리고 있을 때 누군가가 뒤에서 말을 걸어왔다.

　"나도 돕지."

　바스라 공작은 화들짝 놀란 표정으로 뒤를 돌아보았다.

　칼빈 제국의 알렌 공작이 미소를 지으며 서 있었다.

"여, 여긴 어떻게?"

"얼마나 긴장하고 있기에 내가 오는 것도 모르고 있는 건가."

"쳇! 자네는 아닌가? 그 떨리는 손이나 감추고 그런 말을 하지 그래?"

"아, 이거? 하하. 요즘 기력이 달리는지 가끔 손이 떨리더라고."

"흥! 말이나 못 하면. 초월자가 기력이 달리다니 그걸 지금 변명이라고 하는 것인가."

"그래도 친구를 돕겠다고 왔는데 너무 매정하게 대하는 것이 아닌가."

알렌 공작과 바스라 공작.

둘은 조국도 다르고 생김새도 달랐지만, 사실 그 누구보다 마음이 통하는 절친이었다.

칼빈 제국과의 전쟁이 선포되었을 때 가장 먼저 달려가 황제의 마음을 돌리기 위해 노력한 인물이 바로 바스라 공작이었다.

황제의 마음이 확고한 것을 확인한 바스라 공작은 몇 날 며칠을 술로 밤을 지새우다가 결국 마음을 다지고 황명을 받들어 대군을 이끌고 이곳 라그나로크에 온 것이다.

"대군을 이끌고 온 것은 마음 쓰지 말게. 우리는 친구이기 전에 무인이 아닌가."

알렌 공작의 말에 바스라 공작의 얼굴에 미소가 어렸다.

적이 되면 무섭지만, 동료가 되면 누구보다 든든한 존재.

그것이 서로가 생각하는 두 사람의 모습이었다.

"발목이나 잡지 말라고."

"최선을 다해 보지."

둘은 입가에 진한 미소를 지으며 마왕을 바라보았다.

알렌 공작은 마왕 바일을 바라보며 눈을 찡긋거렸다.

모든 준비가 되었다는 신호였다.

바일은 두 사람이 죽지 않고 적당히 받을 수 있을 만큼의 위력으로 공격을 해야 했다.

'젠장! 힘 조절이라니! 빌어먹을!'

생전 안 하던 힘 조절을 하려니 죽을 맛인 바일이었다.

혹시라도 잘못해서 알렌 공작이 죽는다면 자신의 목숨 역시 없다고 생각해야 했다.

'이, 이 정도면 되겠지?'

마왕은 얼추 되었다고 생각되는 그 순간 자신의 오른손에 집중시킨 기운을 알렌 공작과 바스라 공작이 있는 곳을 향해 날렸다.

그리고 준비된 멘트를 날리는 것도 잊지 않았다.

"크크크! 네놈들이 가장 강한 놈들이구나! 네놈들부터 치우고 인간계 요리를 시작하지."

손발이 오그라드는 멘트를 힘겹게 말하며 날린 공격은 엄청난 기세를 내뿜으며 알렌 공작과 바스라 공작이 있는 곳으로 날아갔다.

바스라 공작은 엄청난 기운에 이를 악다물고 자신의 검에 모든 기운을 집중하기 시작했다. 이미 사전에 막을 수 있을 정도의 기운으로 공격하겠다고 전달받은 알렌 공작 역시 이를 악다물며 자신의 검에 기운을 집중했다.

자신들을 향해 날아오는 검은 구체를 바라보며 알렌 공작은 생각했다.

'저게 우리가 감당할 수 있게 조절한 위력이라고? 마왕, 마왕 하는 이유가 있었구나! 저런 강함이라니……'

알렌 공작은 새삼스럽게 마왕의 무서움을 깨닫고 있었다.

일단은 연극에 온 힘을 다해야 하니 있는 힘을 다해 바일의 기운에 대항하기 시작했다.

"내가 먼저 시작하지! 하압! 패황천참륙!"

알렌의 검이 허공을 가르며 푸른 오라 줄기가 마왕이 날린 검은 구체를 향해 화려하게 날아갔다.

쿠아아아-!

"흥! 네놈에게 질 수는 없지! 하앗! 블러드 로드!"

쯔아아앙-!

그것을 본 바스라 공작이 질 수 없다는 표정으로 검을 일직선으로 내지르자 검에서 붉은 광선이 검은 구체를 향해 쏘아졌다.

두 사람의 공격이 검은 구체와 부딪히며 공명이 일어나기 시작했고, 두 기운의 격돌로 인해 일어난 파동이 사방으로 퍼져 나갔다.

그 힘이 어찌나 강한지 파동의 힘만으로도 아래에 있던 카쉬 제국의 병력이 고통스러워하며 쓰러졌다.

"크으윽!"

"커헉!"

"끄아악!"

기절하는 사람들이 속출했고 괴로워하며 몸부림치는 사람들도 부지기수였다.

직접적인 공격이 아닌 기운끼리의 충돌만으로도 이 많은 병력이 쓰러진 것이다.

이야기로만 전해 들었던 마왕의 엄청난 힘을 직접 경험한 병사들 사이로 공포심이 샘솟기 시작했다.

"저, 저건 히, 힘을 합친다고 해서 이길 수 있는 그런 문제가 아니야……. 재, 재앙……."

누군가의 중얼거림은 병사들의 사기를 순식간에 저하시켰다. 그 사실은 이윽고 전염병처럼 온 군영으로 퍼져 나가기 시작했다.

그것을 느낀 바스라 공작이 침음성을 삼키며 말했다.

"빌어먹을. 방금 한 수로 병사들이 동요하고 있어."

자신들도 두려운 마당에 병사들은 오죽하겠는가. 거기에

마왕만이 있는 것이 아니었다.

언제든지 명령만 내려지면 돌격할 준비를 마친 마왕군의 선발대 역시 그들의 사기를 저하시키고 있었다.

바스라는 이를 악물었다.

아무리 생각해도 지금의 상황은 자신들에게 너무도 불리했다.

두 제국군의 정예들이 모였음에도 이 상황을 타개할 수 없음을 절실하게 깨달은 것이다.

"이제야 알겠군. 왜 모든 나라가 힘을 합쳐야 하는지 말이야."

알렌 공작의 중얼거림에 바스라 공작 역시 고개를 끄덕였다.

"하아. 일단 저놈을 이기는 것은 힘들 것 같고 최대한 시간을 끌어야겠지. 신성 제국의 사절단 놈들이 이 사실을 알리기 위해 떠났으니까."

"얼마나 버틸 수 있겠나?"

"나도 모르겠군. 그런데 이상한 점이 있어."

"뭐가?"

"마왕 말이야. 왜 공격을 안 하지? 마치 무언가를 기다리는 것처럼 말이야."

바스라 공작의 말에 알렌 공작은 속으로 뜨끔했다.

"마, 마왕군 본대를 기다리나 보지."

"아니야. 지금도 보게나. 두리번거리고 있지 않은가. 마왕군 본대를 기다린다면 마계와 연결된 듯한 저 웜홀을 바라봐야지. 다른 곳을 두리번거리고 있지 않은가."

"그, 그래? 나, 나는 잘 모르겠는데?"

"이상해. 마왕이라는 자가 이렇게 여유를 두고 공격하는 것도 이상하고. 지금도 자신의 공격이 막혔음에도 추가 공격을 하지 않고 있지 않은가."

바스라 공작의 추리가 이어질수록 알렌 공작의 초조함은 점점 커졌다.

'이 자식은 뭐 이렇게 눈치가 빠른 거야? 젠장! 빨리 와라! 제발!'

알렌 공작 역시 전전긍긍하며 누군가를 기다리던 그때, 한 병사가 경악한 목소리로 외쳤다.

"저, 저기! 드, 드래곤!"

그 소리에 절망 속으로 빠져들어 가던 병사들이 일제히 고개를 들어 하늘을 바라보았다.

정말로 거대한 덩치의 드래곤이 넷이나 이곳을 향해 날아오고 있었다.

"마, 마왕을 막기 위해 드래곤이 왔다! 우, 우린 살았어!"

"만세! 만세!"

병사들은 드래곤의 등장에 만세를 불렀다.

평소였다면 두려움에 떨었을 드래곤이었지만, 지금 이 순간은 그 어떤 구세주보다 반가웠다.

오직 한 사람, 바스라 공작만이 의심 가득한 표정으로 그 것을 지켜보고 있었다.

"역시······. 이상해. 타이밍을 맞춰 나타난 드래곤이라. 자네는 이상하지 않은가? 이 모든 것이 무언가에 의해 꾸며진 한 편의 연극 같다는 느낌이 드는데."

"그, 그런가? 나는 잘 모르겠군. 어, 어찌 되었든 일단은 저 드래곤들과 연합하여 마왕을 무찌르는 쪽으로 하세나."

"아니야. 확인해 봐야겠어."

"무엇을?"

"저 마왕이 정말로 우리를 공격할 의지가 있는지 없는지 말이야."

"무슨?"

알렌 공작이 그를 말리기도 전에 바스라 공작이 마왕을 향해 몸을 날렸다.

한 줄기 빛과 같은 속도로 마왕을 향해 날아가 그에게 검을 휘둘렀다.

"하앗!"

전혀 예상외의 상황에 마왕 바일은 당황한 표정으로 그의 공격을 막았다.

까강-!

역시나 이런 공격으로는 마왕의 몸에 생채기 하나 낼 수 없었다.

'마왕인 것은 사실인 것 같군. 그렇다면……'

바스라 공작은 공격을 막아 낸 마왕의 품속으로 몸을 던졌다.

'내 예상이 틀린다면 나는 죽겠지.'

죽음을 각오하고 달려드는 것이었지만 그의 표정은 의외로 담담했다.

마왕이 정말로 자신의 의지로 이곳에 나타난 것이라면 자신은 마왕의 공격에 사지가 조각 나거나 먼지로 변해 죽을 것이다.

그런데 마왕의 행동이 이상했다.

"이런 빌어먹을! 이건 예상에 없었잖아!"

마왕이 다급하게 자신을 피해 이동하는 것이 아닌가.

마치 자신을 다치게 해서는 안 되는 것처럼 말이다.

"역시! 내 예상이 맞았군! 너는 누구냐! 이런 연극을 하는 이유가 무엇이냐!"

바스라 공작은 자신의 생각이 맞았음을 느끼고 곧바로 마왕을 압박해 갔다.

마왕이 자신을 죽일 수 없다는 것을 확인했기 때문이었다.

때마침 나타난 드래곤들 역시 이 상황을 어찌해야 할지 갈피를 못 잡고 허공에 둥둥 떠 있었다.

"어찌할 거야! 시간을 맞춰서 빨리빨리 와야 할 것 아냐!

생각할 시간을 주니까 눈치채 버렸잖아!"

마왕 바일이 드래곤들을 향해 버럭댔고 그것은 그곳에 있던 모든 병력의 귀에 들어갔다.

물론, 바스라 공작의 귀에도 그 소리가 들어갔다.

바스라 공작은 마왕 강림 때보다 더 큰 충격을 받았다.

"드, 드래곤과 마, 마왕이 한패라고?"

이건 알고 싶지 않은 사실이었다.

마왕만으로도 벅찬데 드래곤까지 가세한다면 이 세계의 모든 왕국이 연합해도 이길 수 없었다.

"어찌할 거야? 저거? 눈치 다 챘어!"

"죄송합니다. 최대한 서두른다고 서둘렀는데……."

마왕과 드래곤들의 알 수 없는 대화.

그리고 아까 위협적으로 달려 나오던 마왕군은 지루한 표정으로 하품을 하고 있었다.

다들 이게 지금 무슨 상황인지 갈피를 잡지 못하고 멍하니 선 채로 굳어 버렸다.

"어쩌지? 어쩌지? 실패한 걸 알면 엄청 혼날 텐데?"

마왕 바일이 불안해하고 있었고 네 드래곤 역시 연신 눈치를 살피며 안절부절못하고 있었다.

바스라 공작은 지면으로 내려와 황당한 표정으로 그 모습을 바라보고 있다가 알렌 공작에게 말했다.

"자네도 지금 저거 보이나? 내 생각이 맞았어. 저들은 연극을 하고 있었던 거야. 무엇 때문에? 왜?"

바스라 공작은 의문을 가지고 허공에 떠 있는 마왕과 드래곤을 바라보며 중얼거렸다.

그리고 알렌 공작을 바라보았는데 알렌 공작의 표정이 이상했다.

바스라 공작은 그 모습을 보고는 표정을 굳히며 물었다.

"자네……. 설마 알고 있었나?"

"그, 그게 말이지."

"역시……. 알고 있었군. 알고 있었어!"

"이, 이보게! 이, 일단 진정하고 내, 내 말 좀 들어 보게."

"닥쳐! 네놈도 마왕군과 한패였더냐? 아니……. 칼빈 제국 전체가 마왕군에 복속한 것이냐! 말해라!"

바스라 공작의 몸에서 유형화된 오라가 넘실거리며 알렌 공작을 압박하기 시작했다.

바스라 공작은 당장이라도 검을 날릴 기세로 알렌 공작을 압박하며 서슬 퍼런 눈빛으로 바라보고 있었다.

얼마나 분노했는지 지금 그의 기운은 본래 바스라 공작이 지니고 있던 힘을 능가하고 있었다.

저 상태로 조금만 더 강해지면 그가 그토록 원하던 경지를 넘는 것도 가능할 정도로, 그의 한계를 넘어선 기운이었다.

알렌 공작은 그런 바스라 공작을 바라보며 난감한 표정을 지었다.

지금 이 상황을 어찌 설명해야 할지 도저히 말이 나오질 않았다.

"말을 못 하는 걸 보니 역시나 사실이구나! 네 이놈! 자신들의 이득을 위해 인간계를 제물로 바친 것이냐! 말하라! 지금 당장!"

서슬 퍼런 바스라 공작의 호통에 알렌 공작이 손을 내저으며 말했다.

"아니야! 아닐세! 자네가 지금 큰 오해를 하고 있어. 자자! 일단 진정을 하고 내 이야기를 듣게."

"닥치고 말하라, 어찌 된 영문인지."

"하아, 알겠네. 알겠어. 내 모든 것을 설명해 주지."

알렌 공작은 한숨을 쉬고는 이렇게 된 이유에 대해 자세하게 설명을 시작했다.

알렌 공작의 설명에 시시각각 표정이 변하는 바스라 공작이었다.

"그, 그런 말도 안 되는 이야기를 지금 나더러 믿으라고?"

"내가 말한 것들은 전부 사실이네."

"하하하하! 지금 나를 바보로 아는 것인가? 그러니까 자네 제국의 그 망나니 삼 황자가 사실은 엄청난 힘을 가진 인간이었고, 그 힘으로 마왕과 드래곤들을 굴복시켰으며, 평화롭게 이 전쟁을 마무리하기 위해 그들에게 연극을 시켰다는 이야기를 지금 믿으라고? 자네 제정신인가?"

"그래! 내가 말해 놓고도 말이 안 되는 이야기라는 것을 나도 인정하네! 하지만 어쩌겠는가! 모두 사실인데!"

"네놈을 친구라 믿었는데! 끝까지 나를 농락하는구나!"

"아! 답답해 미치겠구나! 아후!"

알렌 공작은 환장하고 미칠 노릇이었다.

아무리 설명해도 믿지를 않으니 답답해 죽을 맛이었다.

사실 자신이 생각해도 말이 되지 않는 이야기인데, 바스라 공작은 오죽하겠는가.

알렌 공작이 답답함에 늙어 가던 그때 그의 등 뒤에서 구원의 소리가 들려왔다.

무언가 이상한 기분이 들어 이곳으로 날아온 영웅이었다.

"뭐야? 일이 잘 안되었나? 분위기가 왜 이래?"

영웅의 등장에 알렌 공작의 표정은 환하게 변했고 바스라 공작은 기척도 없이 등장한 영웅을 경계하고 있었다.

알렌 공작은 재빨리 영웅에게 달려가 현재 상황에 대한 보고를 올렸다.

알렌 공작이 하는 이야기를 모두 들은 영웅은 하늘을 바라보며 안절부절못하고 있는 마왕과 드래곤들을 바라보았다.

"내려와."

나직한 목소리로 말했음에도 마왕과 드래곤을 포함해서

그곳에 있는 모든 사람이 또렷하게 들었다.

카쉬 제국군과 칼빈 제국군 모두 혼이 나간 모습으로 이것을 지켜보고 있었다.

그들은 아까 마왕과 드래곤, 칼빈 제국이 한통속이라는 소식에 다들 혼이 나간 상태였고 그 이상 놀랄 일은 없을 것이라고 생각했다.

마왕과 드래곤, 칼빈 제국이 무언가 서로의 이득을 위해 손을 잡았다고 생각하고 있었다.

바스라 공작 역시 그렇게 생각하고 있는 사람 중 하나였다.

상식적으로 마왕과 드래곤이 일개 제국을 따를 리가 없지 않은가.

자신들의 이득을 위해 인간계를 바친 것이라 여기고 배신감에 치를 떨고 있었다.

또한 이번 일의 주동자는 자신의 눈앞에 있는 삼 황자라 생각했다.

제국의 공작이 일개 삼 황자에게 쩔쩔매는 것을 보라.

아마도 삼 황자가 마왕을 소환했고 마왕과 모종의 계약을 한 것이 틀림없었다.

'이를 어쩐다. 우리 제국군만으로는 이 상황을 벗어날 수가 없는데.'

바스라 공작의 머릿속이 복잡해지고 있던 그때 복잡한 머릿속을 깨끗하게 비워 주는 일이 일어났다.

영웅이 마왕과 드래곤에게 하대를 한 것이다.

말투가 부탁이 아니라 상급자가 하급자에게 하는 명령조였다.

바스라 공작은 이를 악물었다.

삼 황자가 칼빈 제국의 망나니라더니 주제도 모르고 마왕과 드래곤에게 평소 하듯이 하대를 했다고 생각했다.

이제 마왕과 드래곤들이 분노해서 이곳에 있는 모든 사람을 쓸어버릴 것이라 생각했다.

바스라 공작이 고개를 들어 마왕과 드래곤을 바라보았다.

마왕과 드래곤의 표정이 잔뜩 굳어 있었다.

'끝이군. 정말로 화가 났어…….'

누가 보아도 극도로 분노한 모습이었다.

바스라 공작은 당장이라도 눈앞의 저 빌어먹을 삼 황자를 죽여 버리고 싶었다.

하지만 그랬다간 자신들의 먹잇감을 빼앗겼다고 생각한 마왕과 드래곤들의 분노를 한 몸에 받을 터.

그는 필사적으로 이 상황을 빠져나갈 수 있는 묘수를 떠올리기 위해 고심했다.

그때 굳은 표정의 마왕과 드래곤이 삼 황자를 향해 몸을 움직이기 시작했다.

얼마나 분노했는지 그 속도가 엄청났다.

'제길! 나라도 빠져나가야 하나?'

바스라 공작이 모든 힘을 다리에 집중해서 이곳을 벗어나려고 하는 그때, 엄청난 광경을 목격하고 집중하던 힘이 빠지며 다리가 풀려 버렸다.

"형님!"

"주군!"

"주구운!"

마왕이 인간에게 형님이라고 외쳤다.

드래곤이 인간에게 주군이라고 외쳤다.

바스라 공작은 멍한 표정으로 자신도 모르게 귀를 후볐다.

오늘 정신적 충격을 하도 많이 받아서 환청을 들었다고 생각했다.

눈도 비볐다.

환상이라 생각했다.

이 빌어먹을 상황을 잊기 위해 머리가 자신에게 환상을 보여 주는 것이라고.

고개를 흔들고 뺨을 때린 후 다시 눈을 부릅뜨고 자신이 본 것이 진짜인가 확인하기 위해 고개를 들었다.

바스라 공작의 눈앞에는 어느새 인간의 모습으로 변한 채 무릎을 꿇고 있는 드래곤들과 마왕이 보였다.

인간에게 무릎을 꿇은 마왕과 드래곤이라니.

자신이 알고 있던 역사를 모조리 끄집어내도 이런 상황은 들어 본 적이 없었다.

주르륵-!

바스라 공작의 입에서 침이 줄줄 흘러내렸다.

털썩-!

너무도 큰 충격으로 다리에 힘이 들어가지 않았다.

그것은 바스라 공작만의 모습이 아니었다.

수십만에 달하는 병사들 역시 여기저기서 주저앉은 상태였고, 정신이 나간 사람들도 속출하고 있었다.

심지어 어떤 병사는 자신들이 마왕에게 현혹당하고 있다며 넋이 나간 채 돌아다니고 있었다.

그런 이들을 바라보며 영웅은 고개를 저었다.

자신이 생각하던 마무리는 이것이 아니었다.

영웅이 그리던 그림은 바일이 기세등등하게 등장하고 사람들이 극한의 위기를 느꼈을 때 드래곤들이 나타나 인간들과 힘을 합치는 그림이었다.

그 후 바일이 살짝 밀리는 연기를 하면서 두고 보자는 말과 함께 자리를 뜨고, 드래곤들이 칼빈 제국은 우리 드래곤들이 지킨다고 수호룡 선언을 외치며 평화롭게 끝나는.

그러면 자신의 정체도 들키지 않을 것이고 세상의 평화도 자연스럽게 지켜졌을 것이니까.

"내가 연기 제대로 하라고 했냐, 안 했냐?"

"그, 그게 말입니다. 저, 저기 저 도마뱀 놈들이 늦장을 부리는 바람에……. 정말입니다!"

"아, 아닙니다! 저희는 제때 맞춰서 왔습니다!"

"맞습니다! 다만, 바일 님이 저기 있는 저 인간에게 정체를 들키는 바람에 이 사달이 난 것입니다!"

영웅은 드래곤들이 가리키는 방향을 바라보았다.

그곳에 바스라 공작이 멍한 표정으로 주저앉아 이곳을 바라보고 있었다.

"흠……. 알렌 공작."

"충!"

영웅의 부름에 알렌 공작이 눈썹을 휘날리며 달려왔다.

"아는 사람이야?"

"네! 제 친구입니다!"

"아, 그래? 그럼 이야기가 좀 빠르겠네."

"저, 저기 그게 말입니다. 제가 자초지종을 전부 다 설명했는데……. 도통 믿지를 않습니다."

알렌 공작의 말에 영웅은 이해했다.

믿지 못할 것을 알고 있었기에 이런 연극을 한 것인데 다 틀렸다.

일단 이곳에 있는 수많은 눈을 전부 이해시켜야 했다.

"제, 제가 여기 있는 인간들 기억을 전부 지워 버릴까요?"

바일이 조심스럽게 자신의 의견을 말했다.

"아니, 기억이 사라지면 다시 전쟁이 시작될 거 아냐. 그냥 내가 직접 화해를 시켜야겠다."

"어떻게요?"

"압도적인 힘을 보여 주면 되는 거 아니야?"

"이미 저와 드래곤들에게 막 대하는 것부터가 압도적인데요."

"왜? 널 압도적으로 패서 사람들을 이해시켜 볼까? 응?"

"아, 아닙니다! 저, 저번에 맞은 자리도 아직 안 나았다고요."

영웅의 말에 바일의 얼굴이 사색으로 변하며 뒷걸음질을 치기 시작했다.

그런 바일을 뒤로하고 영웅은 바스라 공작이 있는 곳으로 걸어갔다.

바스라 공작은 이 모든 것을 지켜보다가 영웅이 자신을 향해 걸어오자 화들짝 놀라 벌떡 자리에서 일어났다.

"나랑 이야기 좀 하죠?"

"저, 저하고요?"

바스라 공작이 더듬거리며 묻자 영웅이 고개를 끄덕였다.

"저, 저와 무, 무슨 이야기를 하려고 그러시는 겁니까?"

"이 전쟁에 관한 이야기? 그리고 저기 있는 마왕에 관한 이야기까지."

"저, 저기에 있는 자가 정말로 마왕 맞습니까?"

"맞아요. 지상에 강림했는데 재수도 없게 제 앞에 강림했더라고요. 그래서 몇 대 쥐어박아 줬더니 형님으로 모신다며 싹싹 빌더군요."

마왕이 몇 대 쥐어박았다고 싹싹 빌며 인간을 형님으로 모신다고?

믿을 수가 없었지만 아까 마왕의 힘을 직접 경험해 보지 않았는가.

'마왕이 이 인간에게 굴복한 것은 확실한 것 같은데……'

그렇다면 자신의 눈앞에 있는 남자는 도대체 얼마나 강하다는 것일까.

도저히 가늠되질 않았다.

사실 바스라 공작은 영웅과 눈을 마주친 그 순간 느꼈다.

자신이 절대로 상대할 수 있는 존재가 아님을 말이다.

'이곳에 있는 제국군이 전부 덤벼도 안 될까?'

제국군이 전부 덤빈다면?

그리 생각했다가 이내 고개를 저었다.

바스라는 고개를 돌려 마왕군이 있는 방향을 바라보았다.

마왕군들은 아까 마왕이 있을 때보다 더 군기가 바짝 든 모습으로 미동도 없이 서 있었다.

바스라 공작이 마왕군을 바라보자 영웅이 마왕 바일에게 말했다.

"쟤네 다시 돌려보내."

"알겠습니다. 야! 너희 빨리 돌……"

바일이 마왕군을 향해 외치다가 입을 다물었다.

자신의 말이 끝나기도 전에 마계로 통하는 차원 문으로 우르르 달려 들어가고 있었기 때문이다.

바일은 왠지 허무했다.

자신의 말보다 영웅의 말을 더 무서워하는 마왕군이라니.

그러나 금세 표정을 고치고 고개를 끄덕였다.

자신도 무서운데 저놈들이야 오죽하겠는가.

아직도 기억이 생생하다.

마계 구경을 시켜 달래서 데리고 갔더니 단 하루 만에 자신이 다스리는 마계를 뒤집어엎고 그곳의 모든 마족을 대통합시켜 버린 괴물이 바로 눈앞에 있는 영웅이었다.

그때 마족들의 눈에 새겨진 공포를 보았다.

한편, 순식간에 사라지는 마왕군을 본 영웅은 주변을 둘러보았다.

여전히 패닉에 빠진 사람들이 눈에 들어왔다.

"일단은 여기 사람들 정신부터 돌려놔야겠네."

그리 중얼거리고는 하늘을 향해 손을 뻗었다.

"퍼펙트 리스토어!"

영웅의 손에서 신성한 기운이 하늘을 향해 분수처럼 뿜어져 나오기 시작했다. 그 기운은 하늘을 가득 덮더니 카쉬 제국군뿐 아니라 라그나로크에 있는 병사들이 있는 곳까지 뻗어 나갔다.

하늘을 가득 채운 신성한 기운이 땅으로 떨어져 내렸다.

사람들은 그것이 자신들을 공격하는 것이라 착각하고 몸을 움츠리며 두려워했지만 이내 온몸이 상쾌해지면서 정신이 맑아지는 신비한 경험을 하기 시작했다.

　두려웠던 마음, 혼란스러웠던 마음이 모두 정화되고 깨끗해지는 기분이었다.

　그리고 사람들 마음속에 신앙이 싹트기 시작했다.

　바로 영웅에 대한 신앙이 말이다.

　바스라 공작 역시 영웅의 신성한 힘을 느꼈다.

　지금까지 한 번도 느껴 보지 못했던 기운이었다.

　"이, 이게 무슨?"

　바스라 공작이 눈을 크게 뜨고 자신의 몸을 이리저리 살펴보았다.

　그리고 영웅을 바라보며 물었다.

　"다, 당신은……. 누구십니까? 인간이라는 말씀은 하지 마십시오."

　바스라 공작이 떨리는 목소리로 영웅을 바라보며 물었다.

　자신이 누구냐고 떨리는 목소리로 묻는 바스라 공작에게 영웅은 당연히 인간이라고 답했고 그 답에 바스라 공작이 고개를 격렬하게 저으며 말했다.

　"아닙니다! 저, 절대로 인간이실 리가 없습니다!"

　"하하, 저는 평범한 인간이 맞습니다. 인간이 아니면 뭐겠습니까?"

"그, 그게⋯⋯."

바스라 공작은 차마 신이냐고 묻지 못했다.

정말로 신이라면 자신의 정체를 숨기고 세상에 유희를 나온 것일 텐데 자신이 정체를 밝힌다면 눈앞의 신이 크게 실망하며 떠날 것 같았다.

"아, 아닙니다. 너, 너무 놀라운 광경들을 연달아 겪어서인지 제가 잠시 혼란스러웠나 봅니다."

"하긴, 저라도 혼란스러웠을 것 같군요. 이해합니다. 일단 자리를 좀 옮길까요?"

"네? 네! 아, 알겠습니다. 누, 누추하지만 저희 막사로 모시겠습니다."

"저기로 가죠. 가까우니까."

자신의 막사로 안내하려 했는데 영웅은 라그나로크를 가리켰다.

신께서 원하는데 그게 적진이면 어떠하랴.

바스라 공작은 고개를 끄덕였다.

이미 바스라 공작의 마음속에 영웅은 신이었다.

"알겠습니다! 원하시는 곳이 어디든 제가 따라가겠습니다."

영웅의 신성력에는 그를 따르게 하는 기운이 섞여 있어서 그의 기술에 당한 이들은 서서히 영웅을 따르는 신도가 되어간다.

이곳에 있는 모든 이들은 마음속으로 영웅을 신이라고 인식하고 그를 바라보고 있었다.

　병사들 역시 자신들이 요란을 떨면 영웅이 불편할까 싶어 조용히 자신의 자리를 지키고 있을 뿐이지, 마음속에선 영웅에 대한 신앙심이 무럭무럭 자라나고 있는 중이었다.

　바스라 공작과 알렌 공작을 포함해서 마왕과 드래곤들이 줄줄이 영웅을 따라 라그나로크로 이동했다. 그곳에 남은 병사들은 영웅이 가는 라그나로크를 향해 그 누가 시키지도 않았음에도 경건한 자세로 몸을 엎드리며 경배를 하였다.

　“아직도 제가 원인입니까?”

　“아, 아닙니다! 저, 절대로 아닙니다!”

　“그렇게 생각해 주시니 감사합니다. 이들은 저와 인연이 있어 함께하게 된 것이니 카쉬 제국에서 이해를 해 주었으면 좋겠습니다. 참고로 이들은 칼빈 제국에서 활동하는 것이 아니니 그 점도 염려 놓으시길 바랍니다.”

　“아, 알겠습니다!”

　바스라 공작은 생각했다.

　드래곤이 수호하는 제국을 그 누가 공격한단 말인가.

　이미 거기서 고홈 용병단은 중요한 것이 아니었다.

　거기에 칼빈 제국은 신의 은총을 받은 제국이 아니던가.

"제국으로 돌아가서 황제께 잘 말씀을……. 아니다, 저랑 같이 가시죠. 아무래도 그게 나을 것 같네요."

"그, 그게 무슨 말씀이신지?"

"아까 경험하셨잖아요. 보고도 믿지 못했던 것을. 그런데 이 상황을 말로 전달하면 믿겠어요?"

영웅의 말은 사실이었다.

보고도 믿기지 않는데 그것을 말로 전달하면 황제가 '아! 그렇구나' 하고 이해해 줄 리가 없었다.

"새, 생각해 보니 그렇군요. 제가 생각이 짧았습니다. 그런데 직접 가셔서 어찌하시려고 그러시는지?"

"그러게요. 생각해 보니 제가 가서 말한다 해도 미친놈 취급을 하겠네요. 하하. 저도 생각이 짧았군요."

영웅의 말에 바스라 공작은 움찔했다.

카쉬 제국의 황제가 영웅을 미친놈 취급을 한다?

그랬다가 뒤에 있는 마왕과 드래곤들이 미쳐 날뛸 것이다.

거기에 아까부터 팔짱을 낀 채 자신을 바라보고 있는 붉은 머리의 청년.

그의 표정에 심기가 불편하다는 것이 보였다.

"아, 아닙니다! 그, 그보다 저기 저분은 누구신지 여쭈어 봐도 될는지요. 아, 아까부터 계속 제게 사, 살기를 날리고 계셔서……."

바스라 공작의 물음에 영웅이 고개를 돌리자 인상을 찡그리고 있는 아더가 눈에 들어왔다.

왜 바스라 공작이 눈치를 살피며 물었는지 알 것 같았다.

면전에다가 대놓고 저렇게 인상을 팍팍 쓰고 있으니 궁금할 것도 같았다.

"왜 인상을 쓰며 멀쩡한 사람한테 살기를 날리고 있는 거야? 사람 불편하게."

"주인! 주인이 왜 저놈들의 제국을 갑니까? 제게 명령만 내리십시오! 당장 가서 제국의 황제라는 놈을 잡아다가 이곳에 무릎을 꿇리겠습니다!"

아더의 심기가 불편한 이유가 그것이었다.

영웅이 뭐가 부족해서 황제인지 뭐시기인지에게 직접 가야 한단 말인가.

그에 대한 짜증을 바스라 공작에게 고스란히 전하고 있었다.

"하아, 누가 레드 드래곤 아니랄까 봐 성격 진짜."

영웅의 말에 바스라 공작은 움찔했다.

레드 드래곤.

드래곤들 중에서 가장 흉포하고 가장 강하다고 알려진 종족이었다.

'여, 역시 평범한 자는 아니라고 생각했는데 저자도 드래곤이었다니. 그럼 드, 드래곤이 다섯?'

한 마리만 있어도 제국이 사활을 걸어야 하는데 그런 드래곤이 다섯이나 있었다.

심지어 지금 하는 행동을 보니 드래곤들 중에서 가장 강한 게 맞는 것 같았다.

나머지 네 드래곤이 저 레드 드래곤의 눈치를 살피고 있었기 때문이다.

"주인! 암튼 저는 인정 못 합니다! 안 그러냐?"

"맞습니다! 우리의 주인님이신데 황제가 직접 와야지요! 아더 님의 말씀이 백번 맞습니다! 차라리 저희가 가서 직접 말하고 오겠습니다. 우리가 하는 이야기는 함부로 듣지 않을 테니까요."

"아, 여기 인간들은 드래곤을 엄청 두려워하지? 좋네. 그럼 너희가 가서 말하고 와.. 그럼 되겠네. 생각해 보니 너희가 가서 말하면 확실하겠다. 드래곤들이 우르르 몰려와서 칼빈 제국과 사이좋게 지내라고 하면 그것만큼 기억에 남는 것도 없을 거야. 그렇지?"

영웅의 말에 아더가 고개를 끄덕이며 말했다.

"맞습니다! 제게 맡겨 주십시오! 제가 해결하고 오겠습니다!"

"그래, 그럼 해결하고 와."

허락이 떨어지자 드래곤들은 곧바로 카쉬 제국의 황성으로 향하는 이동진을 만들기 시작했다.

가는 김에 이곳에 있는 카쉬 제국의 병력 전체를 치우려는 것이었다.

드래곤들과 영웅의 대화를 듣고 있던 바스라 공작은 영웅이 무의식적으로 한 말을 듣고는 확신했다.

'여기 인간들이라고 하셨다. 여기 인간들. 역시 천계에서 유희를 나오신 것이 틀림없구나.'

영웅은 자신이 살던 현세와 비교를 해서 말한 것이지만, 바스라 공작은 그 사실을 알지 못하기에 오해해 버렸다.

덕분에 바스라 공작은 영웅의 말이라면 군말 없이 따르기 시작했으니 영웅으로선 편하게 일을 진행할 수 있었다.

"그럼 바스라 공작님, 저들을 따라가 황제를 잘 설득해 주세요."

"알겠습니다!"

설득이 안 될 리가 없었다.

만약, 황제에게 그런 담력과 힘이 있었다면 카쉬 제국이 세계를 좌지우지하고 있었을 것이다.

그 시각, 네 마리의 드래곤이 합심을 해서 이동 마법진을 만드니 순식간에 엄청난 크기의 이동 마법진이 완성되었다. 바스라 공작은 전군을 진두지휘하여 마법진 안으로 병사들을 이동시켰다.

모든 준비를 마치고 이동하려는 그때 사방에서 새하얀 빛들이 소용돌이치며 생성되기 시작했다.

신성한 기운을 가득 머금은 그 소용돌이는 점차 커지더니 이내 다른 지역과 연결된 게이트로 바뀌었다.

"세이크리드 게이트!"

바스라 공작이 눈앞에 펼쳐진 것들을 바라보며 외쳤다.

세이크리드 게이트는 대마왕군 반격 게이트 마법진이다.

언제 어디에서 마왕군이 침공을 할지 알 수가 없기에 그곳이 어디가 되었든 신속하게 대응할 수 있도록 만든 마법진이었다.

대륙마다 존재하는 세이크리드 게이트를 통해 대륙 연합군들이 마왕군이 있는 곳을 향해 곧바로 진격하게끔 통로를 만들어 둔 것.

그 때문에 이곳에 네 개의 세이크리드 게이트가 생성되었고, 그 게이트를 통해 각 대륙의 병력이 우르르 몰려나오고 있었다.

칼빈 제국과 카쉬 제국을 제외한 모든 나라는 신성 제국의 말에 최정예 병력을 세이크리드 게이트가 있는 곳으로 집결시켰다.

신성 제국에서는 칼빈 제국과 카쉬 제국이 전쟁을 하게 된 원인이 마왕의 계략이라고 이들에게 전했고, 때마침 그들이 싸우는 장소에 마왕과 마왕군이 강림하는 바람에 그것은 사실이 돼 버린 것이다.

순식간에 평원을 가득 채운 연합군의 병력은 자신들이 싸워야 할 적을 찾기 시작했다.

하지만 어디를 둘러보아도 마왕이나 마왕군으로 보이는 것들은 보이지 않았다.

마왕과 마왕군이 지상에 강림했다면 분명히 칼빈 제국과 카쉬 제국의 병력과 전투를 벌이고 있어야 하는데, 전투는커녕 그런 흔적조차 보이지 않았다.

대지는 피로 물들지도 않았고 그 어디에도 시체는 보이지 않았다.

"뭐야? 신성 제국에서 거짓말을 한 건가?"

"그러게? 평화로운데?"

"어? 저기에 병력이 모여 있는 것 같은데? 깃발을 봐 봐."

"카쉬 제국! 카쉬 제국군이다! 그런데 전쟁을 한 것 같은 모습이 아닌데?"

사람들은 너무도 평화로운 풍경에 오히려 당황하고 있었다.

마왕군과 피 튀기는 혈전을 예상하고 기합을 잔뜩 넣고 왔는데, 피를 튀기는 혈전이 아니라 평화로운 분위기가 펼쳐져 있어서 오히려 기운이 빠졌다.

그것은 이들을 이끌고 이곳에 온 각국의 지휘관들도 마찬가지였다.

결국 연합군의 지휘관들은 카쉬 제국군이 모여 있는 곳으로 이동했다.

카쉬 제국의 총사령관인 바스라 공작은 그들이 다가오는

것을 보고는 앞으로 마중 나갔다.

연합군의 지휘관들은 바스라 공작을 알아보았고 그와 인사를 나누었다.

한참 동안 서로의 안부를 물으며 인사를 하고 난 뒤에야 본론을 꺼내 묻는 그들이었다.

"이런 질문을 드리기가 좀 뭐하지만⋯⋯. 칼빈 제국과 전쟁 중 아니셨습니까? 전쟁 중이라기엔 병사들의 상태가⋯⋯."

"아, 그거요? 우리가 너무 성급한 것 같아 다시 한번 대화를 하기로 했습니다."

"아! 그렇습니까? 그거 정말 희소식이군요. 아무런 사상자도 없는 데다가, 이렇게 평화로운 분위기를 보니 마왕이 이곳에 강림했다는 소식은 헛소문이겠군요."

"하하, 그, 그렇지요."

바스라 공작이 어색한 미소를 지으며 고개를 끄덕였다.

여기서 진실을 이야기했다간 어떤 일이 벌어질지 뻔했기 때문이었다.

"하하, 정말 다행입니다. 신성 제국 이놈들이 우리를 시험했나 봅니다. 얼마나 신속하게 대응하는지 말입니다."

"그래도 따질 건 따져야겠지요! 이렇게 똥개 훈련을 시키고 아무런 말이 없다니 말입니다!"

각국의 지휘관들은 신성 제국이 자신들이 얼마나 잘 대응하는지 알아보기 위해 이런 일을 꾸몄다고 생각했다.

그때 신성 제국의 지휘를 받은 성기사단의 단장이 이 상황을 모른 채 그들이 있는 곳으로 뒤늦게 합류했다.

이들과 같이 움직이지 않은 이유는 주변을 한 바퀴 정찰하고 와서였다.

각국의 지휘관들은 신성 제국의 총사령관인 신성 기사단장을 불만 어린 눈으로 바라보며 그를 몰아붙이기 시작했다.

"거! 너무한 것이 아니오? 신성 제국이 어찌 우리에게 이럴 수가 있단 말이오?"

"맞소! 우리가 그대들이 하라면 하는 그런 국가요? 우리가 그대들 아래에 있는 신하국이냔 말이오!"

신성 기사단장은 사람들의 이런 반응에 당황했다.

"아, 아니 왜들 이러십니까?"

"몰라서 묻는 거요? 아니면 알면서 모른 척하는 거요?"

"저, 정말로 몰라서 묻는 겁니다. 혼나도 이유나 알고 혼나야 덜 억울하지요."

"억울하다? 하! 주변을 둘러보시오! 뭔가 느껴지는 게 없소?"

"아! 혹시 마왕과 마왕군이 보이지 않으셔서 그러신 것입니까? 보이지 않는다면 오히려 다행이라고 생각해야……."

"이보시오! 우리를 끝까지 농락할 생각이오? 솔직히 말씀하시오! 각국에서 정말로 마왕이 강림하면 제때 대응할 수 있는지 알아보기 위해 이런 짓을 벌인 것이 아니오?"

그 말에 신성 기사단장이 화들짝 놀라며 손을 내저었다.

"그, 그게 무슨 말씀입니까? 저희는 절대로 남을 속이거나 거짓으로 누구를 선동하거나 하지 않습니다! 이건 정말입니다! 신께 맹세할 수 있습니다!"

"그럼 지금 이 상황에 관해 설명해 보시오!"

"맞소! 그대들 말대로라면 이곳은 세상에 둘도 없는 아비규환이 펼쳐져 있어야 하는데, 보란 말이오!"

불만을 토해 내는 지휘관들은 한둘이 아니었다. 그곳에 온 모든 국가의 지휘관들이 너 나 할 것 없이 신성 기사단장을 몰아붙이고 있었다.

성 기사단장은 연신 땀을 뻘뻘 흘리며 사람들을 달래느라 정신이 없었다.

그 모습에 바스라 공작은 신성 기사단장에게 애도를 표했다.

이제 자신과 다른 이들만 입을 조심하면 오늘은 하나의 작은 사건 정도로 무사히 넘어갈 것이다.

바스라 공작은 최대한 표정 관리를 하며 한쪽에 서서 어서 이들이 빨리 돌아가길 바랐다.

제발 조용히 끝나기를 빌었지만, 바스라 공작의 바람을 하늘이 비웃기라도 한 것인가?

그토록 간절히 바랐건만, 그의 소망은 생각지도 않았던 것의 등장으로 산산조각이 나 버리고 말았다.

잔뜩 기합을 넣고 마왕군과의 일전을 생각하며 온 연합군들은 너무도 평화스러운 분위기에 기합이 점점 **빠져나가고** 있었다.

"뭐야? 마왕군이랑 붙는대서 기합 **빡** 주고 왔더니."

"하하, 이 몸이 무서워서 안 온 거지."

"미친놈."

"못 믿겠어? 오라 그래! 오기만 하면 이 나의 화려한 창술에 마왕은 무릎을 꿇고 싹싹 빌게 될 테니까."

"너 그러다가 말이 씨가 된다."

"푸하하! 사나이 한스! 거짓을 말하지 않는다! 마왕이여! 올 테면 와라!"

한 병사의 호기로운 외침과 함께 하늘이 순식간에 어두워지기 시작했다.

심상치 않은 기운과 함께 돌풍이 불더니 검은 구체가 사방에서 생성되기 시작했다.

"뭐, 뭐야?"

"네가 입 놀리던 것을 마왕이 들었나 보다."

빠지직— 빠직빠직—!

검은 구체에서 강력한 스파크가 일어나더니 또 다른 세상이 보이기 시작했다.

흐릿하게 보이던 세상은 점차 또렷해졌고 이내 거대한 크기의 게이트가 만들어졌다.

라그나로크 평원에 모인 연합군들은 그 현상에 당황하며 우왕좌왕하고 있었다.

한편, 그 광경을 한곳에 모여서 지켜보던 지휘관들은 놀란 표정으로 그것을 바라보았다.

신성 기사단장은 침을 꿀꺽 삼키며 중얼거렸다.

"데빌스 홀⋯⋯. 지, 진짜 마, 마계의 문이 열렸어⋯⋯."

"데빌스 홀? 저게 그 마계와 인간계를 연결한다는 그 게이트라고?"

"젠장! 그럼 이러고 있을 때가 아니잖아! 서둘러! 병사들이 동요하고 있다!"

정신을 차린 지휘관들이 다급하게 자신의 군영 쪽으로 말을 몰아 달려가기 시작했다.

그사이 데빌스 홀이라 불리는 게이트에서는 온몸에 소름이 돋을 정도로 차가운 마계의 기운이 흘러나오기 시작했다. 지휘관들은 저것이 진짜라는 것을 깨달았다.

"빌어먹을! 진짜였나?"

"염병할 놈들! 시간차 공격이었나? 이랴! 이랴!"

"서둘러! 마왕군이 오기 전에 전열을 가다듬어야 한다!"

이들이 다급하게 달려가는 동안 뒤에서 이것을 같이 지켜보던 바스라 공작은 머리가 복잡해지고 있었다.

'뭐야? 뭐지? 마왕은 우리와 함께 있는데? 저게 왜 생긴

거지? 무슨 일이야?'

그 모습을 본 신성 기사단장이 그에게 다가가 말했다.

"정신 차리십시오! 어서 가서 제국군을 정비하고 마왕군과 싸울 준비를 하십시오!"

"그, 그게……."

"저도 두렵습니다! 누구나 두려울 것입니다! 하지만 이 세상에는 지켜야 할 소중한 사람들이 있지 않습니까! 공작님! 공작님과 카쉬 제국은 결코 혼자가 아닙니다! 저희가 함께 싸울 것이니 정신을 차리시고 전열을 가다듬으십시오! 저도 어서 가서 준비해야겠습니다!"

바스라 공작이 데빌스 홀을 보고 두려움에 떤다고 오해한 신성 기사단장은 그를 달래 주고는 자신도 다급하게 신성 제국군이 있는 곳으로 말을 몰아 달려가기 시작했다.

신성 기사단장까지 사라지자 바스라 공작 역시 정신을 차리고 라그나로크로 이동했다.

라그나로크엔 영웅을 비롯해 마왕이라고 했던 자와 드래곤들이 눈앞에 펼쳐진 광경을 지켜보고 있었다.

4장

바스라 공작이 다급하게 달려가 영웅에게 물었다.

"저, 저기 있는 자가 마왕이라고 하지 않으셨습니까? 그, 그러면 마왕군이 침략을 하면 안 되는 것이 아닙니까?"

"그러게요. 야! 바일! 이게 어찌 된 일이야?"

영웅이 바일을 바라보며 묻자 바일이 뒷머리를 긁적이며 말했다.

"아무래도 다른 마왕 놈들이 넘어오는 것 같은데요……."

"뭐? 마계의 왕이 너 하나 아니었어?"

"무슨 말씀입니까. 인간계도 왕이 여럿 있듯이 마계에도 당연히 마왕이 여럿 있죠."

"그걸 왜 이제 말해!"

"무, 물어보지 않으셨잖아요!"

바일의 말에 영웅이 황당한 표정을 지었다.

마왕이 하나가 아니었다니.

"가만? 내가 마계에 갔을 때는 저놈들 기운이 느껴지지 않았었는데?"

"아……. 각기 다스리는 마계가 전부 다릅니다. 각각의 마계는 서로 다른 차원이고요."

"뭐 이런……."

바스라 공작 역시 얼굴이 새하얗게 변해 가고 있었다.

자신 역시도 처음 듣는 이야기였다.

"그럼 왜 하필 여기에 데빌스 홀인지 뭔지가 생기는 건데? 저것도 우연이야?"

"저, 저것은 아마도……. 제가 연극을 하느라고 열어 둔 게이트의 좌표가 다른 놈들에게 넘어간 것 같습니다."

"하하. 잘했네. 아주 잘했어."

영웅의 말에 바일은 고개를 푹 숙이고 죄인처럼 서 있었다.

"후우! 좋아. 그럼 몇이나 돼? 마계의 마왕이?"

"저를 포함해서 총 다섯입니다."

"그중에서 너는 서열 몇이야?"

"그, 그게……."

말을 못 하고 주저하는 것을 보고 영웅이 이마를 짚으며 말했다.

"가장 약하구나. 그치?"

정곡을 찔렸는지 쉽게 대답하지 않는 바일이었다.

"약하다기보단……. 제가 마음이 약해서 그렇습니다."

"잘났다, 잘났어."

옆에서 둘의 대화를 듣고 있던 바스라 공작은 마계에 마왕이 여럿이라는 말과 말도 안 되게 강하다고 생각했던 바일이 그중에서 가장 약하다는 소리에 경악했다.

모든 제국과 왕국이 연합해도 이길 수 없을 것 같던 존재가 마계에서는 가장 약한 마왕이었다는 것이다.

바스라 공작의 시선은 자연스럽게 영웅에게로 향했다.

이제 이 세상에 유일한 희망은 오직 하나, 영웅뿐이었다.

바스라 공작이 재빨리 영웅의 앞으로 가서 엎드리며 간청을 했다.

"제, 제발! 이 세상을 구해 주십시오! 저희를 버리지 말아 주십시오!"

바스라 공작의 모습에 옆에 서 있던 알렌 공작 역시 재빨리 영웅 앞으로 달려가 똑같이 엎드리며 간청했다.

"저 역시 부탁드리겠습니다! 부디 세상을 구해 주십시오!"

알렌 공작을 시작으로 라그나로크의 모든 지휘관이 엎드리며 영웅에게 간청하기 시작했다.

"구해 주십시오!"

그중에는 라그나로크 지휘관인 리차드 백작도 섞여 있었다.

리차드 백작은 짧은 시간 동안 엄청난 일들을 경험하고 있었다.

제국과 제국의 전쟁도, 마왕의 등장과 드래곤들의 등장까지.

거기에 마왕과 드래곤들이 삼 황자에게 복종하는 모습에 적국의 총사령관이 바스라 공작이 얌전한 모습으로 자신의 성에 들어오는 것까지.

누구도 경험하지 못할 경험을 몰아서 겪고 있었다.

처음에는 정신을 차리지 못하고 자신이 꿈을 꾸거나 무언가에 홀렸다고 생각을 했다.

하지만 지금은 아니었다.

삼 황자의 신성한 힘을 경험했고 그 힘이 몸 안으로 들어오니 삼 황자에 대한 믿음과 신뢰가 무럭무럭 샘솟았다.

이제는 누구보다 삼 황자를 믿고 따르는 사람 중 한 명이 되어 있었다.

한편, 영웅은 자신의 기분이 이상함을 느끼고 있었다.

정확하게는 기분이 아니라 자신의 몸 상태가 이상했다.

'뭐지? 활력이 더 넘치는 것 같기도 하고, 능력이 점점 더 강해지는 것 같기도 하고……. 여기에 와서는 아무것도 한 것이 없는데? 왜 더 강해지지?'

자신의 능력이 점점 강해지고 있음이 느껴지고 있었다.

영웅이 고개를 갸웃거리며 이유가 무엇인지를 생각하려 할 때 사람들이 그의 앞에 엎드리며 간청을 시작한 것이다.

일단 이 문제는 다음에 조용히 생각해 보기로 하고, 지금 눈앞에 닥친 일부터 처리를 하기로 했다.

영웅은 고개를 끄덕이며 말했다.

"저를 믿습니까?"

영웅의 물음에 사람들이 고개를 번쩍 들고 하나 되어 외쳤다.

"믿습니다!"

그 순간 영웅은 자신의 몸이 더 활기차게 변하는 것을 느꼈다.

'설마? 에이. 아니겠지.'

방금 그 느낌에 무언가가 떠올랐지만 이내 고개를 저었다.

영웅은 자신을 믿는다는 사람들을 뒤로하고 활짝 열려 있는 데빌스 홀을 바라보았다.

인간 연합군은 데빌스 홀을 중심으로 방어를 위해 진형을 짜느라 정신없이 움직이고 있었다.

그때 기괴한 목소리가 사방에서 들려오기 시작했다.

크카카카카! 바일 녀석! 고맙구나! 덕분에 편하게 인간계로 통하는 길을 열었어!

크크크크. 가라! 나의 아이들아! 살육을 즐기고 피를 양껏

취하거라!

호호호! 인간들을 현혹하여 나에게 데리고 오렴!

켈켈켈! 너희에게 파멸의 세계를 보여 주마!

듣기만 해도 소름이 돋는 기괴한 소리에 사람들의 표정은 점차 굳어 가기 시작했다.

이 목소리에 가장 먼저 반응한 것은 바로 바일이었다.

"놈들입니다. 저처럼 마계를 지배하는 다른 마왕들."

바일의 목소리가 살짝 떨리고 있었다.

겉으로는 아무렇지 않게 행동하고 있었지만 실제로 바일은 긴장하고 있었다.

그 순간 데빌스 홀에서 엄청난 수의 괴물이 쏟아져 나오기 시작했다. 인간 연합군들은 대항하기 위해 무기를 들고 화살을 날렸다.

하지만 인간의 공격은 데빌스 홀에서 튀어나온 괴물들에게는 소용이 없었다.

평범한 공격으로는 데빌스 홀에서 나오는 저 거대한 괴물들을 상대할 수가 없었다.

"화살이 통하질 않습니다!"

"방어벽들이 순식간에 무너지고 있습니다!"

여기저기서 들려오는 병사들의 외침에 각국의 지휘관들이 하나같이 입을 모아 말했다.

"공성 병기를 쏴라! 아끼지 말고 발사해!"

"대형 석궁을 쏴라!"

푸카아아앙-!

떠더덩-!

평범한 무기로는 타격을 입히지 못한다는 것을 깨달은 인간들은 혹시 몰라서 가져온 대형 공성 병기와 대형 몬스터를 상대하기 위해 가져온 병기들을 괴물들에게 발사하기 시작했다.

끄에에엑-!

크기와 위력이 남달라서인지 거대 괴물들이 고통의 비명을 지르며 주춤거렸다.

그 모습에 희망을 엿본 인간 연합군은 쉬지 않고 공격을 퍼부었다.

"마법병대! 공격하라!"

"투석을 멈추지 마라!"

"쏴라! 쉬지 말고 발사하란 말이다!"

모든 대륙의 정예들이 모여 하는 공격은 정말로 엄청났다.

일반 병사들 역시 그 모습에 사기가 점점 올랐고, 자신들이 이길 수도 있다는 희망까지 품기 시작했다.

"우리도 돕겠다!"

그리고 때맞춰 들려온, 사기를 북돋는 외침.

병사들이 하늘을 바라보자 어느새 본체로 변신한 네 마리

의 거대 드래곤이 하늘 위에서 위압감 있는 모습으로 날개를
퍼덕이며 지상을 내려보고 있었다.

"드, 드래곤이다! 드래곤이 우리를 도우러 왔어!"

"맙소사! 정말이야! 그렇다면 우리에게도 승산이 있다!"

"힘내자! 드래곤이 우리를 돕기 위해 왔다!"

서서히 오르던 사기는 드래곤들의 참전 선언과 함께 순식
간에 최고치까지 올라가 버렸고, 병사들의 함성이 전장을 가
득 채웠다.

드래곤들의 참전은 영웅의 명에 의한 것이었다.

숨어서 떠들고 있는 마왕 놈들이 지상으로 모습을 드러내
게 하기 위해선 일단 데빌스 홀에서 기어 나오는 저 기괴하
게 생긴 괴물들을 치워야 했으니까 말이다.

영웅의 명을 받은 드래곤들은 인정사정 봐주지 않고 괴물
들을 공격하기 시작했다. 괴물들은 드래곤들이 내뿜는 브레
스에 순식간에 증발했다.

사람들은 그 모습을 바라보며 환호성을 내질렀다. 더욱더
사기가 올라, 그야말로 파죽지세의 모습으로 지상에 쏟아져
내려오는 마왕군을 상대해 나갔다.

영웅은 그것을 바라보며 그 어떤 행동도 하지 않았다.

자신이 끼어든다면 쉽게 해결되겠지만, 마왕 놈들은 도망
을 갈 것이다.

그러면 자신이 사라지고 난 뒤에 이 세상에 다시 위험이

돌아올 것이다.

일단은 데빌스 홀 뒤에 숨어 있는 네 마왕 놈들을 밖으로 끄집어내야만 했다.

"아더, 혹시라도 인간들에게 피해가 갈 것 같으면 바로 광역 배리어를 펼쳐서 보호해."

"알겠습니다!"

"바일 너도."

"네! 형님!"

"자, 어서 기어 나와라. 후딱 정리하고 집에 좀 가자."

고홈 용병단과 약속한 마왕군의 격퇴가 눈앞으로 다가오고 있었다.

드넓은 평원에서 펼쳐지는 인간계와 마계의 전투가 이어졌고, 인간들이 승기를 잡아 가고 있었다.

생각보다 강력한 전력에 마왕군은 당황하여 하나둘씩 뒤로 물러서는 모습을 보이기까지 했다.

그때 데빌스 홀에서 인간의 모습을 한 병력이 검은 갑옷을 입은 채 쏟아져 나오기 시작했다.

진정한 마계 정예군들의 등장이었다.

마계의 정예군들을 이끄는 마계의 귀족들은 인간계에서 말하는 초월자급의 능력을 갖춘 자들이었다.

그 모습에 바일이 영웅에게 말했다.

"마왕군의 정예들입니다!"

"자쿠와 아크라! 란티드와 고홈 용병단! 모두 적들을 막아라!"

"네!"

"네! 알겠습니다!"

영웅의 명에 모두는 조금의 머뭇거림도 없이 몰려나오는 마왕군들을 향해 달려 나갔다.

영웅은 알렌 공작에게도 말했다.

"가서 도와주세요."

"알겠습니다!"

알렌 공작까지 나서자 옆에 있던 바일이 두 손을 걷어붙이고는 앞으로 나섰다.

"저도 한 손 거들고 오지요."

바일의 말에 영웅이 고개를 끄덕였다.

바일까지 가세한다면 크게 걱정하지 않아도 되기 때문이다.

영웅은 고개를 들어 데빌스 홀을 바라보았다.

'이놈들이 언제 나오려나? 아무래도 더 기다려야겠지?'

아마 정예군들이 밀리기 전까지는 모습을 드러내지 않으리라고 생각했다.

그러나 그런 영웅의 짐작은 틀렸다.

정예군들과 함께 마왕들이 모습을 드러냈다.

그들의 등장과 함께 하늘은 더욱더 어둡게 변했다. 온 세상에 끈적한 마기를 뿜어내는 마왕들.

"켈켈켈! 정말로 보기 좋은 광경이구나."

"호호호! 인간들이 제법이구나."

"크크크. 우리가 준비한 만큼 인간들도 준비를 한 모양이지."

"그게 더 즐거운 것이 아니겠는가?"

"크크크. 맞는 말이지."

"호호, 맞아요. 움직임이 없는 벌레보다 꿈틀거리는 벌레를 괴롭히는 것이 훨씬 재미난 법이죠."

"그나저나 저기 우리 애들 사이에서 날뛰고 있는 저 놈……. 바일 아냐?"

"어? 그러네? 저게 미쳤구나."

"호호호. 바일 오라버니가 우리에게 뒤통수를 맞은 것이 많이 분하셨나 보네요."

"머저리 같은 새끼. 저런 것을 인간 놈들은 우리와 함께 마왕이라고 부른다지?"

"수치다, 수치야. 보아하니 우리를 적으로 간주하고 인간들 편에 선 모양이군."

"크크크. 인간들과 싸워서 우리를 처리하고 마계를 먹겠다는 것인가? 재밌군."

"켈켈켈. 하긴, 그편이 저놈에게는 더 유리할 수 있겠군."

"흐흐흐. 저 머저리 놈에게 절망이 무엇인지 가르쳐 줘야 할 시간이군."

"호호호! 제가 먼저 나서도 될까요?"

마치 재미난 장난감을 바라보는 표정으로 웃고 즐기며 인간들과 마왕군의 전투를 바라보는 마왕들이었다.

그런 자신들을 뒤에서 미소를 지으며 바라보는 인간이 있다는 사실도 모른 채 말이다.

"이제야 기어 나왔네?"

한참을 웃고 떠들고 있는 그때 자신들의 뒤에서 갑자기 들려오는 목소리에, 마왕들은 화들짝 놀라 고개를 돌렸다.

고개를 돌리자 한 인간이 공중에서 팔짱을 낀 채 자신들을 내려다보며 웃고 있었다.

네 마왕은 순간 자신들이 잘못 보았나 싶어 눈을 비볐다.

눈을 비비고 다시 확인해도 인간이 맞았다.

"허, 우리가 인간 놈들에게 얼마나 우습게 보였으면 이런 일까지 일어날까?"

"크크크. 상황 판단이 안 되는 인간 놈인가 보군."

"호호호. 인간들이란 그런 존재죠. 자신의 명성을 위해 앞뒤 가리지 않는 머저리 같은 벌레들."

마왕들은 눈앞에 서 있는 인간이 상황 판단을 못 하는 놈이라 생각했다.

그러지 않고서야 자신들 앞에 혼자 저렇게 당당하게 나타날 리가 없지 않은가.

"오래 기다렸잖아. 안 나오면 어쩌나 걱정했다."

눈앞의 인간은 당당한 것도 모자라서 자신들을 우습게 보는 것 같았다.

"저놈은 죽이지 말자. 살려 두고 영원토록 고통받게 해 주자."

"나도 같은 생각이다."

"호호호. 제가 데리고 가도 될까요?"

"켈켈켈. 나한테 양보해. 내 실험에 아주 요긴하게 사용해 주지."

다들 눈앞의 인간을 바로 죽이는 것은 너무 자비를 베푸는 것이라 생각한 모양이다.

하나같이 눈앞의 인간을 살려서 오랫동안 괴롭혀야 한다고 주장하고 있었다.

"크크, 그런 것이 어딨어! 먼저 잡는 게 임자지!"

그중 한 마왕이 가장 먼저 뛰쳐나가면서 외쳤다.

마왕은 손을 뻗어 눈앞의 인간을 잡으려 했다.

하지만 그의 손은 허공을 휘저었다.

그 모습에 뒤에 있던 마왕들이 배를 잡고 웃으며 그를 놀렸다.

"크크크크! 잘난 척하더니 인간 하나를 못 잡고 허우적거리는 꼴이라니."

"호호호. 슬로터 오라버니도 별거 없었네요."

"켈켈켈. 저놈도 바일과 함께 머저리에 넣어야 하는 거 아
니야?"

살육의 마왕이라 불리는 슬로터 마왕은 뒤에 있는 마왕들
의 비웃음에 얼굴이 구겨질 정도로 일그러졌다.

그 분노를 자신의 손길을 피한 인간, 영웅에게 발산하기
시작했다.

"건방진 인간 놈이! 킬 바인더!"

슬로터 마왕의 외침과 동시에 검은 무언가가 영웅의 몸을
칭칭 감기 시작했다.

"크크! 아까 말했지? 죽이진 않겠다. 원래대로라면 그대로
압축해서 터트려 죽여야 하지만 내 분노를 그렇게 쉽게 풀
수야 없지."

끼기긱-!

영웅의 몸을 감싼 검은 기운이 그의 몸을 조금씩 조여 가
기 시작했다.

"고통에 울부짖어라, 어서!"

이제 곧 영웅의 입에서 자신을 즐겁게 해 줄 비명이 나올
것이라 생각하며 기다리는 마왕이었다.

"끄아아아악!"

잠시 후, 그토록 기다리던 비명이 들려왔고 마왕은 만족한
미소를 지으며 영웅을 바라보았다.

"크크크. 그래! 더! 더! 울부짖어라!"

"끄아아아아악…… 에이 재미없다."

"응?"

조금 전까지 폐부가 찢어질 듯이 비명을 지르던 영웅이 비명을 멈추고 재미없다는 표정으로 마왕을 바라보았다.

"뭐지?"

마왕은 지금 이 상황이 이해가 되질 않았다.

자신도 모르게 힘을 풀었나 싶어 더욱더 심하게 조이기 시작했다.

끼기기긱-!

더욱 조여들어 갔지만, 왠지 모르게 영웅의 몸에 둘러진 킬 바인더가 힘겨워 보이기 시작했다.

"이게 다야?"

나중엔 있는 힘껏 조이기 시작했음에도 영웅은 아무렇지 않다는 표정으로 자신을 바라보았다.

믿을 수 없다는 표정으로 영웅을 바라보는 슬로터.

"어떻게?"

아무리 생각해도 이해가 되질 않았다.

자신의 킬 바인더에 걸리면 같은 마왕이라도 저렇게 태평하게 있을 수 없었다.

그런데 고작 인간 따위가 너무도 평온한 표정으로 있는 것이다.

뿌가각-!

그 순간 영웅의 몸을 둘러싸고 있던 킬 바인더가 산산이 조각나듯이 터져 나갔다.

"마, 말도 안 돼!"

영웅은 자신의 킬 바인더를 아무렇지도 않게 풀어 버린 것이다.

"이게 보여 줄 수 있는 최선이야? 실망인데? 마왕이래서 기대를 했는데."

벌레라 생각했던 인간의 도발.

마왕은 멍한 표정을 지우고 영웅을 노려보았다.

"이 벌레 같은 놈이! 몸에 마법 무구를 걸치고 있는 모양이구나! 살려 두는 것은 취소다! 지금 당장 이 자리에서 직접 갈가리 찢어 죽여 주마!"

마왕이 분노한 표정으로 영웅을 향해 빠른 속도로 움직였다.

마왕은 영웅이 자신의 킬 바인더를 막을 수 있었던 이유가 몸을 방어해 주는 아이템을 착용하고 있어서라고 생각했다.

주변에 드래곤들도 있는 것을 보아 이 인간에게 자신들이 가진 최고의 아이템을 주고 자신들의 이목을 끌라고 시킨 것으로 생각한 것이다.

농락을 당했다는 생각을 하니 더욱더 분노가 치밀어 올랐고 그의 손에는 살기 가득한 마기가 넘실거렸다. 마기는 그 무엇이라도 찢어 버릴 것 같은 기세로 영웅을 향해 휘둘러지고 있었다.

"몸에 걸친 아이템과 함께 찢어발겨 주마!"

슈가각-!

마왕의 거친 손이 짐승의 발톱처럼 변하며 영웅을 향해 X자로 휘둘러졌다.

가가각-!

그런데 몸이 터져 나가는 소리가 아닌 단단한 바위에 긁히는 소리가 들려오는 것이다.

드래곤도 그 자리에서 찢어 버리는 기술인데 자신의 눈앞에 있는 인간에게는 전혀 통하지 않았다.

믿을 수 없는 눈으로 영웅을 바라보며 연신 손을 휘두르는 마왕이었다.

"이럴 리가 없다! 죽어! 죽으라고!"

슈각- 슈가가각-!

마왕의 공격에 영웅의 옷은 이미 갈가리 찢겨서 넝마가 되어 있었다.

몸에 아무것도 걸치지 않은 것을 확인한 마왕은 더욱더 당황했다.

"아, 아이템을 걸치지 않았다고?"

맨몸인 영웅의 모습에 당황해서 공격을 멈추고 뒤로 물러서는 마왕이었다.

"서, 설마……. 저, 정말로 맨몸으로 내, 내 공격을 다 받아 낸 거라고?"

살육의 마왕 슬로터의 동공이 세차게 흔들리고 있었다.

한편, 이 광경을 지켜보던 나머지 마왕들도 당황한 표정으로 바라보고 있었다.

"슬로터의 공격을 맨몸으로 받아 냈다고?"

"말도 안 돼! 저놈은 우리 마왕 중에서 근접 공격은 최강인 놈이다! 그런데 인간 따위가 저놈의 공격을 막았다고?"

"병신아! 막은 게 아니고 그냥 대놓고 맞아 줬잖아! 보고도 몰라?"

"그, 그런 사람이 인간이라고요?"

다른 마왕들도 당황스러운 것은 마찬가지였다.

그 순간 어디선가 즐거운 듯한 목소리가 들려왔다.

"크크큭! 미치겠지? 너희도 한번 당해 봐."

소리가 들려온 곳으로 고개를 돌리니 바일이 자신들을 바라보며 즐거운 표정을 짓고 있었다.

"바일! 저 인간에게 무슨 짓을 한 것이냐!"

"무슨 짓? 저분은 내가 어떻게 할 수 있는 분이 아니다. 그 이유를 너희도 느껴 봐. 절대로 파괴되지 않는 벽을 마주하는 기분이 뭔지 알 거다. 그럼 나는 너희가 데리고 온 똥들을 치우러 가야 해서 이만."

실컷 약 올리고는 자신들이 데리고 온 마왕군을 향해 몸을 날리는 바일. 마왕들은 자신들도 모르게 이를 갈았다.

"저 빌어먹을 새끼! 지금 당장 저 새끼를 자근자근 밟고 난 뒤에 저 새끼를 개처럼 묶어서 인간계를 돌아다니고 말테다! 말리지 마라!"

"말리긴, 나 역시 한 손 거들지."

"저도요."

분노에 찬 표정으로 자신들의 마왕군 사이에서 날뛰는 바일을 향해 몸을 날리려는 그때였다.

콰콰쾅-!

자신들 근처로 무언가가 날아오더니 거대한 구덩이를 형성한 것이다.

그 충격파로 인해 불어오는 먼지바람에 마왕들이 손을 내저었다.

"뭐, 뭐야?"

마왕들의 손짓에 먼지바람은 순식간에 사라지자 구덩이가 보였다. 그 속에는 살육의 마왕 슬로터가 만신창이가 된 모습으로 처박혀 있었다.

"슬로터!"

충격적인 몰골의 슬로터를 보고 놀란 마왕들이 그에게 달려가려는 그때였다.

"어디 가려고?"

말투는 세상 자상한 목소리였는데 그것을 들은 마왕들은 몸에 소름이 돋는 것을 느꼈다.

본능적으로 소리가 들려온 방향을 향해 공격을 날리는 세 마왕이었다.

쿠콰콰콰쾅—!

마왕들의 동시 공격에 거대한 버섯구름이 생성되며 그 일대가 초토화되었다.

엄청난 파괴력에 주변에 있던 자신의 수하들까지 휩쓸려 나갔다. 저 멀리서 전투를 벌이고 있던 마왕군과 인간계의 병사들까지 그 위력에 휘청거리며 전투를 멈출 정도였다.

인간계의 병사들은 드래곤들과 바일이 펼친 배리어 덕에 휘청거리는 수준에서 끝이 났지만 마왕군은 아니었다.

뒤이어 몰려오는 후폭풍에 마왕군이 우르르 휩쓸려 나가기 시작한 것이다.

"과연이라고 해야 하나? 위력이 살벌하네."

엄청난 광경에 드래곤들이 혀를 내두르며 감탄했다.

"저기 봐, 저걸 정면으로 맞고도 웃고 있는 주인의 모습을."

"그러게……. 저게 더 무섭다……."

"야, 우리는 우리 할 일 하자. 나중에 혼나기 전에."

"그래, 열심히 하자."

마왕들의 기습적인 공격을 고스란히 맞은 영웅의 모습은 멀쩡했다.

옷이 전부 재로 변해 버리긴 했지만, 몸에는 상처 하나 보이지 않았다.

백옥같이 깨끗하고 하얀 피부를 자랑하며 동시에 하얀 건
치를 드러내어 멍한 표정으로 서 있는 마왕들을 바라보고 있
었다.

"재밌네. 더 해 봐."

영웅의 입에서 나온 말에 마왕들이 이를 악물었다.

"이건 말도 안 돼! 말이 안 된다고! 으아아악!"

믿기지 않는 현실에 마왕들은 고성을 지르며 일제히 영웅
을 향해 자신들의 최고 기술을 전개하기 시작했다.

단 한 명만 내려와도 인간계가 초토화된다는 마왕이다.

그런 마왕 셋이서 총력을 다해서 하는 공격이었다.

멸망의 마왕, 컬랩스가 하늘 위로 거대한 검은 구체를 만
들었고 거짓의 마왕인 펠스후드는 자신의 뿔 위로 강력한 뇌
전을 모으고 있었다.

여성의 모습을 한 욕망의 마왕, 디자이어는 영웅이 움직이
지 못하도록 자신이 가진 모든 힘을 총동원해서 그를 결박하
고 있었다.

"오라버니들! 지금이에요!"

디자이어의 외침에 컬랩스와 펠스후드가 조금의 머뭇거림
도 없이 영웅을 향해 자신들의 최고 기술을 전개했다.

"죽어 버려!"

"크하하하! 이 빌어먹을 세상과 함께 사라져 버려라!"

쿠아아아아ー!

빠지지지직ー!

세상을 모조리 지워 버릴 것 같은 위력의 공격이 영웅을 향해 날아갔다.

영웅은 자신을 향해 날아오는 것들을 바라보며 고민에 빠졌다.

저것을 어찌해야 할까.

문제는 자신이 피해도 안 되고 그냥 맞아도 안 된다.

이곳에 자신만 있다면 그냥 맞아도 상관이 없었다.

저런 거로 자신을 어찌할 수는 없으니까.

맞아도 느낌조차 없을 것이다.

오히려 저런 걸 맞고도 멀쩡한 모습으로 저들을 바라보며 웃는다면 그것이 더 공포를 줄 것이다.

하지만 지금 이곳엔 자신만 있는 것이 아니었다.

피하든 정면으로 맞든 이곳에 있는 모든 것들은 저 위력에 휩쓸려 세상에서 지워질 것이 분명했다.

"어쩔 수 없나?"

마왕들이 당황하는 모습을 더 보며 즐기고 싶었지만, 자신의 즐거움 때문에 애꿎은 사람들을 다치게 할 수는 없는 노릇 아닌가.

영웅이 손을 살포시 앞으로 내밀었다.

그 모습에 영웅을 포박하고 있던 디자이어가 깜짝 놀랐다.

"내, 내가 전력을 다해 속박을 걸었는데?"

믿을 수가 없었다.

그러거나 말거나 영웅이 살포시 내민 손 앞에 작은 회오리 바람이 일어나기 시작했다.

회오리바람은 곧바로 짙은 어둠을 띄더니 이내 소용돌이처럼 돌기 시작했다.

그 모습이 마치 작은 블랙홀 같았다.

순식간에 생성된 블랙홀이 영웅의 머리 위로 올라가더니 마왕들이 쏘아 보낸 기운들을 빨아들이기 시작했다.

쿠아아아아아─!

세상을 멸망시킬 것 같았고 그 무엇으로도 막을 수 없을 것 같았던 마왕들의 공격은 영웅이 만들어 낸 블랙홀 속으로 순식간에 흡수되며 소멸해 버렸다.

마왕들은 온 힘을 다한 공격이 너무도 허무하게 사라지자 멍한 표정으로 영웅을 바라보았다.

그들의 심정은 모두 같았다.

악몽.

자신들의 눈앞에 있는 인간은 악몽 그 자체였다.

영원히 지속될 것 같은 악몽.

마왕들은 처음으로 공포라는 것을 경험했다.

그들의 눈이 저절로 구덩이에 처박힌 채 기절한 살육의 마왕, 슬로터로 향했다.

꿀꺽-!

자신들도 모르게 침을 삼키고 있을 때, 영웅의 목소리가 그들의 귀에 들려왔다.

"받은 것이 있으니 이제 돌려줘야겠지?"

영웅의 말에 마왕들은 자신들도 모르게 고개를 좌우로 저었다.

그리고 화들짝 놀랐다.

인간의 말에 자신들도 모르게 몸이 반응한 것이다.

마왕들은 그제야 영웅의 몸에서 풍겨 오는 위압감을 느낄 수 있었다.

엄청난 위압감에 두려움을 느낀 마왕들은 슬금슬금 뒤로 물러서기 시작했다.

"다, 당신은 누구인가? 인간이라고 하지 마라!"

"이, 인간이 이런 기운을 가지고 있을 리가 없어!"

마왕들은 떨리는 목소리로 영웅에게 외쳤다.

자신들의 두려움을 그렇게라도 떨쳐 내고 싶었던 모양이다.

인간 연합군과 마왕군의 전투가 진행되고 있던 평원에서는 마왕들의 기운을 버티지 못하고 쓰러진 마왕군을 쉽게 제압하고 정리하고 있었다. 그곳에 있는 모든 이들의 시선은 영웅과 대치하고 있는 마왕을 향했다.

하나만 내려와도 인류의 재난이라 불리는 마왕이 셋이나 있음에도 인간들의 표정에는 두려움이 보이지 않았다.

이미 영웅의 힘을 눈으로 보았고 마왕들이 영웅을 두려워하는 것을 느끼고 있었기 때문이었다.

"저분은 신이야."

"맞아! 우리를 구원해 주기 위해서 내려오셨어!"

병사들 사이로 이런 말이 순식간에 퍼져 나갔다.

병사들의 사기는 순식간에 하늘을 찌를 만큼 높아져 갔다.

자신들이 보고 경험한 영웅은 신이 분명하다고 생각했다.

한편, 영웅과 대치하는 마왕들은 서로 텔레파시로 지금 상황을 어찌할 것인지 대화하고 있었다.

-인간들이 저자를 신이라고 부르는 것 같은데?

-신은 아니다. 신성한 기운이 전혀 느껴지지 않잖아.

-숨기고 있을지도 모르잖아요.

-지금 그런 것을 따지고 있을 때가 아니야! 이 난관을 어찌 벗어날지를 말하라고!

-뭐 어쩌라고! 우리가 동시에 공격해도 소용이 없는데!

-저의 유혹은 전혀 통하지도 않아요.

이들이 심각하게 의논을 나누고 있을 때 바일이 영웅의 곁으로 다가와 그에게 옷을 건네주었다.

그리고 속닥거리고 있는 세 마왕에게 고소하다는 듯이 크게 말했다.

"크하하하! 나를 무시하더니 꼴좋다. 네놈들도 별 볼 일 없는 것은 똑같구나!"

바일의 말에 세 마왕이 발끈했다.

"닥쳐라! 인간에게 빌붙은 배신자 주제에!"

"배신자? 크크크. 마계는 강한 자가 우선 아닌가? 나는 나보다 강한 분을 모실 뿐이다. 마계의 섭리대로 따르는 것뿐인데 뭐가 배신자란 말인가?"

바일의 말에 세 마왕은 입을 다물었다.

그때 영웅이 세 마왕을 바라보며 바일에게 말했다.

"계속 이렇게 떠들고 있을 시간은 없고…… . 그냥 항복은 안 하겠지?"

영웅의 물음에 바일이 고개를 끄덕이며 답했다.

"물론입니다! 쟤들은 절대로 그냥 항복하지 않을 겁니다!"

"그럼 어쩔 수 없네. 제압해야겠네."

"그렇습니다! 그것도 확실하게 제압해야 말을 들을 겁니다!"

바일이 신나서 대답하자, 그것을 듣고 있는 마왕들의 표정은 굳어 갔다.

"오냐! 그래! 덤벼라!"

"그래! 마왕 생에 한 번 죽지 두 번 죽냐!"

"흥! 인간 따위에게 고개를 숙일 바엔 차라리 장렬하게 싸우다가 죽겠다!"

세 마왕은 서로를 바라보며 고개를 끄덕였고, 이내 결연한 표정으로 영웅을 바라보며 기운을 끌어올리기 시작했다.

자신들의 목숨을 걸어서라도 자존심을 지키겠다는 의지로 보였다.

"모두 보아라! 우리는 절대로 인간에게 굴복하지 않는다!"

"하앗! 가자!"

마왕들은 자신들을 바라보는 마왕군을 향해 외친 후 영웅을 향해 일제히 달려들기 시작했다.

그 모습이 마음에 들었는지 영웅이 미소를 지으며 말했다.

"쟤들도 맘에 드네. 잘 교육하면 쓸 만하겠어."

그 말이 끝남과 동시에 영웅의 몸이 사라졌다.

슈팍-!

그와 동시에 북 터지는 소리가 사방에서 들려오기 시작했다.

퍼퍽- 퍼퍼퍼퍽-!

"켁! 케켁!"

"끄억!"

공중에 떠 있는 마왕들의 몸이 보이지 않는 무언가에 얻어 터지고 있는 것처럼 쉴 새 없이 움찔거리고 있었고, 그들의 입에서는 연신 고통의 신음이 흘러나오고 있었다.

그러다가 한 마왕이 이를 악물고 외쳤다.

"으드득! 같이 가자! 이 세상 모든 것을 모조리 부숴 주마!"

쯔이이잉-!

크게 외친 마왕의 몸에서는 붉은빛들이 뿜어져 나오기 시작했다.

그것을 본 바일이 외쳤다.

"조심하십시오! 자폭 공격입니다!"

바일의 외침을 들은 다른 마왕들 역시 이를 악물고 외쳤다.

"우리도 함께하겠다! 하압!"

"저도요!"

세 마왕의 몸에서 동시에 붉은빛이 뿜어져 나오며 엄청난 기운이 그곳을 뒤덮기 시작했다.

멀리 떨어져 있음에도 그 기운 때문에 기절할 것 같은 위력의 기운들이 영웅을 중심으로 압축되고 있었다.

저 기운이 폭사한다면 인류는 끝이었다.

"자폭이라……. 그렇게는 안 되지."

영웅은 세 마왕을 향해 손을 뻗었다.

"이것도 통하려나? 퓨러퍼케이션."

화악-!

영웅의 몸에서 일어난 엄청난 양의 성스러운 기운이 세상을 뒤덮기 시작한 붉은 기운을 순식간에 소멸시켰고 이내 마왕들의 몸을 감싸기 시작했다.

영웅이 마왕들을 향해 이것을 전개한 이유는 단순했다.

저들이 가진 악의 기운을 정화한다면 저 파멸의 기운이 사라질 수도 있다는 생각을 한 것이다.

통하지 않는다고 해도 상관없었다.

저들이 자폭해도 영웅이 미리 펼쳐 놓은 배리어를 뚫지 못할 것이기 때문이다.

사실 이들이 세상에서 소멸한다고 해도 크게 상관은 없었다.

지금 영웅은 단순한 호기심을 채우기 위해 움직이고 있을 뿐이었다.

그리고 그 호기심은 영웅에게 리스토어를 잇는 엄청난 기술을 탄생하게 만들었다.

그것을 알 리 없는 마왕들은 자신의 몸속으로 침투하는 성스러운 기운에 크게 당황하고 있었다.

"이, 이게 뭐야!"

"허헉! 기, 기분이 이, 이상해······."

"저, 저도요. 기, 기분이······ 편안해져요."

"아, 안 돼. 저, 저항을······ 저항을······ 해야 하는데······. 헤헤, 좋다······."

마왕들의 몸에서 붉은 기운들이 점차 흐려지면서 표정이 황홀하게 변해 가기 시작했다.

이내 그들은 눈을 감고 자신들의 몸 안에 들어와 있는 기운을 기분 좋게 만끽하기 시작했다.

그들의 모습은 마왕이 아니었다.

자애로운 표정으로 땅에 내려와 밝은 미소로 눈을 감은 그들은 여전히 자신의 몸 안에 있는 기운을 느끼고 있었다.

그 모습을 본 바일은 자신도 모르게 몸을 부르르 떨었다.

'미친, 저게 뭐야?'

누가 저 모습을 보고 저들을 마왕이라고 부를 수 있을까?

바일의 눈에 보이는 마왕들의 모습은 지상에 강림한 성인(聖人)들의 모습이었다.

'그러고 보니 저들의 몸에서 마기가 전혀 느껴지지 않잖아?'

바일이 마왕들을 보며 경악하고 있을 때 마왕들이 일제히 눈을 떴다.

눈을 뜬 마왕들은 자비로운 미소와 함께 세상을 둘러보더니 입을 열었다.

"세상은 정말로 아름답군요."

"그러게 말입니다. 이렇게 아름다운 세상을 파괴하려 했다니. 저는 정말로 끔찍했군요."

"이제라도 반성하고 세상을 위해 봉사하면 되지요. 오라버니들."

말하는 모습도 마왕이 아니라 신성 제국에서 온 사람들이라고 해도 믿을 것 같을 정도였다.

　마왕들은 자애로운 표정으로 영웅을 바라보며 고개를 숙였다.

　"저희에게 이런 기분을 알게 해 주신 은인께 인사 올립니다."

　"감사합니다. 이 은혜를 어찌 갚아야 할지요."

　마왕들의 인사에 영웅은 뒷머리를 긁적였다.

　"예상외로 효과가 엄청난데?"

　"저, 저게 정말로 형님이 만든 모습입니까?"

　"응, 일단 생각나는 대로 기술을 만들어서 사용해 본 건데 효과가 상상 이상인데?"

　"설마 그 기술이라는 것이……."

　"응. 악한 기운을 정화하는 뭐 그런 기술?"

　영웅의 대답에 바일이 슬금슬금 뒤로 물러서기 시작했다.

　"혀, 형님 저는 형님 말을 잘 듣겠습니다. 그, 그러니 제발 저, 저 기술만큼은……."

　자신이 저리된다고 생각하니 끔찍했다.

　아니, 저리 살 바엔 그냥 죽는 것이 나을 것 같았다.

　바일이 옆에서 그러거나 말거나 영웅은 세 마왕을 향해 웃으며 말했다.

　"앞으로 인간들을 위해 봉사하며 살아라."

　"네! 그럴 것입니다. 저희 때문에 인간들이 그동안 겪었을 고통을 생각하니 가슴이 미어지는군요."

"이 죄를 다 갚기 위해 평생을 속죄하고 봉사하며 살겠습니다."

해탈한 성직자 같은 말투로 영웅에게 연신 감사의 인사를 하는 마왕들. 그들은 연신 인간들을 위해 봉사하며 살겠다고 말했다.

그런 마왕들을 뒤로하고 뒤에서 이것을 지켜보던 마왕군을 바라보자, 그들은 일제히 몸을 움찔하며 바일을 애타게 바라보기 시작했다.

그것이 무엇 때문인지 너무나도 잘 알고 있는 바일은 재빨리 영웅의 시선을 막으며 말했다.

"저, 저들은 제가 자, 잘 다스리겠습니다! 저, 정말입니다."

"정말로?"

"네! 저, 정말입니다. 저들도 아마 저를 따르고 싶어 할 겁니다. 그렇지?"

바일이 뒤돌아 묻자 마왕군은 조금의 머뭇거림도 없이 일제히 외쳤다.

"마, 맞습니다! 바일 님께 충성을 다할 것입니다!"

대답과 동시에 수만에 달하는 마왕군이 간절한 눈빛으로 영웅을 바라보고 있었다.

그 모습에 영웅은 마왕들과 마왕군을 번갈아 가며 바라보다가 고개를 저으며 말했다.

"그래, 아무래도 저들을 전부 저렇게 만들면 좀 문제가 있을 것 같긴 하다. 이 기술에 익숙지가 않아서 아직 조절이 안 되니 일단은 보류. 단, 나중에 확인해서 문제가 많은 놈은 나랑 대면이다."

"네! 알겠습니다!"

"일단 어수선하니까 저들을 데리고 마계로 돌아가 있어."

"알겠습니다. 그런데 저기 누워 있는 저놈은 어찌할까요?"

바일이 가리키는 곳을 바라보니 맨처음에 기절한 살육의 마왕, 슬로터가 보였다.

다른 마왕들도 바닥에 누워 있는 슬로터를 바라보다가 영웅을 바라보며 말했다.

"저 형제에게도 저희와 같은 축복을 내려 주실 수 있겠습니까?"

"맞습니다. 저희만 이런 축복을 받는다는 것은 죄악입니다. 저 형제에게도 부디 은총을 내려 주시옵소서."

"신이시여."

마왕들의 입에서 결국 신이라는 단어가 튀어나왔다.

이 말은 그곳에 있는 모든 인간이 들었다.

"마, 마왕들이 저, 저분을 신이라고 했다."

"역시! 저분은 신이셨어!"

"주신께서 세상에 내려오셨다!"

마왕들이 한 말은 엄청난 여파를 일으키며 일파만파로 퍼져 나갔고 신성 제국 사람들마저 그것을 믿기 시작했다.

그들이 믿을 수밖에 없었던 이유는 영웅의 몸에서 뿜어져 나온 압도적인 신성력을 느꼈기 때문이다.

그들을 이끄는 교황도 그리고 신을 대리한다는 성녀에게서도 저런 엄청난 신성력을 느껴 보지 못했다.

그들의 표정 역시 마왕들과 같이 황홀하게 변해 있었고, 이들은 마왕들이 말하기 이전에 이미 마음속으로 영웅이 신이라고 생각하고 있었다.

신성 제국 사람들은 감동의 눈물을 흘리며 자신들을 구하기 위해 몸소 인간계로 강림한 자신들의 신을 바라보았다.

그곳에 있는 모든 이들이 일제히 엎드리며 영웅을 향해 경배를 올리자 영웅의 몸에서 또다시 무언가가 느껴지기 시작했다.

'응? 뭐지? 그때 그 기분인데?'

조금씩 더 강해지는 기분.

그것이 또 느껴지고 있었다.

'설마…… 진짜로?'

자신을 믿고 따르는 사람이 많아지면 많아질수록 강해진단 가설을 세운 적이 있었다.

그것 말고는 날이 갈수록 점점 더 강해지는 것이 설명되지 않았기 때문이다.

오늘 이들의 모습, 자신의 몸에서 올라오는 알 수 없는 쾌감과 함께 점점 더 강해지는 힘을 느끼자 그 가설이 곧 사실임을 깨달았다.

'지금까지 내가 돌아다닌 세상 사람들을 전부 현혹하면 얼마나 강해질까?'

그런 생각을 하다가 고개를 저었다.

이미 충분하다 못해 넘칠 정도로 강했다.

더 강해질 이유도 없었고 굳이 그런 귀찮은 짓을 할 이유도 없었다.

생각을 정리하고 고개를 들어 보니 그곳에 있는 모든 사람이 숨소리조차 내지 않고 자신을 바라보고 있었다.

사람들의 눈빛은 무언가를 갈망하는 모습이었다. 그것이 무엇인지 대충 짐작이 간 영웅은 피식 웃으며 손을 높이 치켜들고 외쳤다.

"전쟁은 끝났다! 이제 더는 인간계를 위협하는 전쟁은 없을 것이다! 평화를 위협하는 무리는 내가 직접 나서서 심판할 것이다!"

"와아아아아아!"

영웅의 말이 끝남과 동시에 우레와 같은 함성이 터져 나왔다.

사람들은 이제 평화로운 시대가 온 것을 즐기며 기뻐했다.

영웅은 사람들이 진정으로 원했던 답을 전해 준 것이다.

기뻐하는 사람들을 바라보며 영웅은 그저 미소를 지을 뿐이었고 그런 점이 오히려 더 영웅을 신비하게 만들었다.

"지금 그 보고들을 나더러 믿으라고?"

칼빈 제국의 황제, 메스릭 2세가 황당한 표정으로 보고하는 대신을 바라보며 되묻고 있었다.

카쉬 제국과의 전쟁이 별 피해 없이 끝났다는 말이 나왔을 때만 해도 안도의 한숨을 쉬며 기뻐했는데, 그 뒤에 보고를 올리는 대신의 입에서는 연신 믿기지 않는 일들이 흘러나오기 시작했다.

"그러니까 카쉬 제국과 전쟁을 시작하려는 그때 모든 대륙의 국가들이 군사를 이끌고 그곳에 나타났고 그곳에 마계와 연결된 차원의 문이 열렸다고?"

"그렇습니다!"

"허……. 이게 도대체 무슨 말인지……. 그래도 다행히 마왕은 강림하지 않았나 보구나. 큰 피해 없이 막았다는 것을 보니 말이다."

"아닙니다. 마왕도 강림했습니다."

"그게 무슨 말이냐? 마왕이 강림했음에도 무사히 막았다고? 그게 가능하단 말이냐? 그것도 이렇게 빨리? 말도 안 된다. 너희가 마왕이라고 착각한 무언가겠지."

"아닙니다. 확실합니다. 그들의 힘은 정말로 세상을 멸망시킬 것 같았습니다."

"가만……. 그들? 그들이라니? 마왕이 한 명이 아니라는 소리처럼 들리는구나."

"맞습니다. 그들…… 마왕은 총 다섯이었습니다."

"뭣이?"

벌떡-!

대신의 보고에 황제가 자리에서 벌떡 일어났다.

충격받은 얼굴로 잠시 대신을 바라보다가 이내 노한 얼굴로 호통을 쳤다.

"네 이놈! 감히 황제를 능멸하려 하는 것이냐! 어디서 그런 말도 되지 않는 헛소리를 늘어놓는 것이냐!"

황제가 대로하며 버럭 하자 대신은 이해한다는 표정으로 황제를 달래기 시작했다.

"폐하께서 그리 대로하시는 것도 이해합니다. 눈으로 직접 본 저 역시 믿기지 못할 정도였으니 오죽하시겠습니까. 하지만 신이 하는 모든 이야기는 전부 진실이옵니다. 그곳에 있던 수십만의 병사와 각국의 지휘관들이 모두 같이 본 사실이옵니다. 신이 조금이라도 거짓을 섞어 이야기했다면 신의 육체를 찢어 죽이셔도 되옵니다."

조금도 흔들림이 없는 대신의 목소리에 황제는 자리에 풀썩 주저앉으며 중얼거렸다.

"그, 그게 저, 정말이란 말이냐? 마, 마왕이 하, 한 명도 아니고……. 다섯이나 된다는 것이? 그런데도 이 세상이 멸망하지 않았다고? 제국에 아무런 피해가 없다고? 나는 믿지 못하겠구나."

"폐하를 충분히 이해합니다."

"허……. 그럼 그동안은 왜 마왕이 한 명만 세상에 강림했단 말이냐? 다섯이 뭉쳐서 내려오지 않고서?"

"그동안 인간계로 내려오던 마왕은 다섯 마왕 중에서 가장 약한 마왕이라고 합니다. 마계는 총 다섯 구역으로 나누어져 있고 각 구역은 각기 다른 차원으로 이루어져 있다고 합니다. 그런데 가장 약한 마왕을 제외한 나머지 마왕들이 서로의 차원을 차지하기 위해 전쟁을 벌였고, 힘이 약한 마왕은 그 전쟁을 피해 인간계로 내려온 것이었습니다."

대신은 그 후로도 계속 믿지 못하는 황제에게 자신이 보고 느낀 것들을 이야기해 주었다.

"그런데 어찌 막았단 말이냐? 다섯이나 되는 마왕을 인간들이 막을 수 있단 말이냐? 아무리 드래곤이 도왔다고 하지만 그게 쉽지는 않았을 것인데?"

"마왕들을 처리한 것은 삼 황자님이십니다."

"……뭐?"

오늘 계속 충격적인 소리를 듣고 있었지만 방금 자신이 들은 말은 단연코 최고로 놀라운 소리였다.

"그, 그게 무, 무슨 말이냐? 마, 막내가……. 뭐를 해?"

"삼 황자님께서 마왕들을 처리하셨다고 했습니다."

"허허허허……. 내가 오늘 꿈을 꾸는 것인지……. 아니면 미친 것인지 알 수가 없구나……. 삼 황자가 무슨 힘이 있어 마왕을 처치한단 말이냐?"

"삼 황자님의 정체는 바로 신이셨습니다."

"……갈수록 태산이군……."

갈수록 미치고 환장할 말들이 튀어나오고 있었다.

"이 사람이……. 아무리 분위기가 심각하다고 해도 여기서 그런 농담을 하면 어찌하나. 아 왜 거기서 같이 싸워 준 드래곤들이 우리 제국의 수호룡이 되겠다고 했다고도 하지 그래? 어?"

황제가 믿지 못하겠다는 말투로 우스갯소리를 하자 대신의 표정이 굳었다.

그 모습에 황제가 멈칫거리며 고개를 저었다.

"아니지? 에이……. 아니야. 그러지 마……. 나 그냥 농담한 거라니까?"

"사실입니다."

"에헤이! 왜 이러는 거야? 이러지 말라니까? 나 진짜 화낸다?"

"저를 때려죽이신다고 해도 사실입니다. 다른 것도 아니고 드래곤이 한 이야기를 거짓으로 보고할 정도로 저는 담이 크지 못합니다."

"……그게 왜 사실인데……. 그럼…… 막내 이야기도?"

황제의 물음에 대신이 고개를 끄덕였다.

"……미치겠네, 진짜! 그러니까 종합해 보면 카쉬 제국과의 전투 직전에 마계와 연결된 게이트가 열렸고 마왕군과의 전투에 드래곤들이 나타나 도와줬고 그것도 모자라서 하나도 아니고 무려 다섯이나 되는 마왕이 강림을 했으며 그 다섯 마왕을 제압한 것이 우리 막내라는 말이지?"

"정확하십니다."

"……너라면 믿겠냐? 어? 믿겠냐고!"

"믿지 못하신다고 해도 사실입니다."

황제가 잠시 멍한 표정을 짓더니 이내 머리가 아픈지 이마를 짚고 눈을 감았다.

"폐하……."

"내가 지금 머리가 좀 아파서 말이지……. 잠시만……."

황제가 이마를 짚고 뒤죽박죽인 생각을 정리하고 있을 때, 문이 다급하게 열리며 황태자가 들어왔다.

"아, 아바마마! 크, 큰일입니다!"

황태자의 등장에 황제는 고갤 들어 그를 바라보며 물었다.

"큰일? 허허. 지금까지 들은 이야기보다 큰일이 있을까……."

왠지 해탈한 모습을 보이는 황제의 모습에 황태자가 고개를 갸우뚱거리며 물었다.

"무, 무슨 일이 있으셨습니까?"

"너무도 허무맹랑한 이야기들을 들어서 말이지. 그래, 무슨 큰일이더냐."

"아! 아, 아바마마 나가 보셔야 할 것 같습니다. 카, 카쉬 제국의 화, 황제가 찾아왔습니다!"

벌떡—!

"뭐, 뭐라고? 누, 누가 찾아와?"

"카, 카쉬 제국의 황제 말입니다!"

"사, 사신이 아니고? 보, 본인이 직접 왔다고? 여길?"

"그, 그렇습니다. 그러니까 제가 큰일이라고 말씀드린 것이 아닙니까."

"허어……. 오늘 정말 무슨 날인지……. 정신을 못 차리겠구나. 이, 일단 나가 보자."

황제는 황태자를 따라 서둘러 밖으로 나갔다.

황궁 밖으로 나가니 엄청난 규모의 카쉬 제국 사절단이 거리를 가득 메우고 있었고, 가장 앞에 화려한 복장을 한 남자가 주변을 둘러보며 서 있었다.

"저, 정말이구나!"

칼빈 제국 황제는 서둘러 계단을 내려가 카쉬 제국의 황제가 있는 곳으로 달려갔다.

카쉬 제국의 황제는 자신을 향해 다급하게 달려오는 칼빈 제국의 황제를 바라보며 미소를 지으며 말했다.

"허허허, 천천히 오셔도 됩니다. 저는 괜찮습니다."

"아, 아닙니다! 헉헉!"

"죄송합니다. 미리 연락을 넣고 왔어야 했는데 제가 성격이 좀 급한 편이라 이렇게 결례를 무릅쓰고 달려왔습니다."

"아, 아닙니다! 아니에요. 무슨 말씀입니까. 저희 제국 탄생 이래 가장 귀한 손님이신데 그런 말씀은 거두십시오."

"허허허. 그리 말해 주시니 감사할 따름입니다."

"자 자, 여기서 이럴 것이 아니라 들어가시지요."

칼빈 제국 황제의 말에 고개를 끄덕인 카쉬 제국 황제가 황궁 칭찬을 하며 나란히 걸어가기 시작했다.

"정말로 아름다운 궁입니다. 제가 본 그 어떤 궁보다 아름답고 멋지군요."

"그리 말씀해 주시니 정말로 기쁘군요. 허허허."

둘은 이동하면서 끊임없는 대화로 서로 간에 대한 그동안의 오해와 편견을 깨뜨려 갔다.

"진작에 이렇게 시간을 내서 대화를 나누었다면 오해 없이 양국이 평화롭게 지냈을 것을……. 칼빈을 침공한 점은 제가 진심으로 사죄드립니다."

"저도 노력하지 않은 것은 똑같으니 저 역시 사죄를 올리겠습니다."

"허허, 감사합니다. 앞으로 우리 카쉬 제국은 칼빈 제국을 형제처럼 여기며 대우할 것입니다."

"그렇다면 우리 칼빈 제국 역시 카쉬 제국을 형제로 여기 겠습니다."

두 황제는 서로를 바라보며 웃었다.

양 제국이 건국한 이래 가장 평화로운 세상이 도래한 것이 다.

한바탕 난리 통을 치르고 저녁 식사 시간이 되었다.

둘은 식사를 하며 이런저런 이야기를 계속 이어 나갔다.

그러다가 라그나로크에서 벌어진 이야기가 흘러나왔다.

"저도 대신들에게 그것에 대한 보고를 받았습니다. 믿기 지 않지만요."

"그렇습니까?"

"네, 믿어지십니까? 그것에 관해 들은 바가 없으십니까?"

칼빈 제국의 황제 메스릭 2세의 말에 카쉬 제국의 황제 다 르샤 3세가 잠시 고민하는 얼굴을 하더니 이내 무언가를 결 심한 표정으로 입을 열었다.

"사실……. 저는 그분을 직접 대면했습니다. 죄송합니다. 그분께서 칼빈 제국과 친하게 지내 달라고 부탁하시더군 요……. 사실 제가 자진해서 온 것이 아닙니다."

"자진해서 온 것이 아니라니요? 그리고 그분이라니요?"

"그분께서 그러시더군요. 자신의 육체가 칼빈 제국의 황자 니 부디 싸우지 말고 화해하고 사이좋게 지내라고 말입니다."

"서, 설마……. 저, 정말로 삼 황자가?"

메스릭 2세가 떨리는 목소리로 묻자 다르샤 3세가 고개를 끄덕이며 답했다.

"맞습니다. 그분이십니다."

"저, 정말로 제 자식이 그리 말했단 말입니까?"

믿기지 않는지 연신 확인하는 메스릭 2세의 말에 다르샤 3세가 계속 고개를 끄덕였다.

"그런…… . 신께서 제 자식에게 빙의했다는 말을 전해 듣기는 했습니다만…… ."

"사실입니다. 저에게 오랜 지병이 있었는데 그 병도 치료해 주셨지요. 허허허. 사실 부끄럽지만, 그동안 제가 히스테리를 부린 것이 전부 그 병에 의한 고통 때문이었는데 말입니다. 다들 고개를 저으며 치료할 수 없다고 한 불치병을 그분께선 단지 살짝 손대는 것만으로 고치셨으니, 이것이 은총이 아니고 무엇이겠습니까. 신께서 칼빈 제국과 친하게 지내라 명하셨으니 미천한 제가 당연히 따라야지요."

스스로 온 것이 아니라는 말에 살짝 실망하는 메스릭 2세였다.

"허허, 하지만 이곳에 와서 칼빈 제국의 황제를 뵙고 나니 오길 잘했다는 생각이 들었습니다. 이렇게 좋으신 분께 그동안 제가 크게 오해를 하고 살았다는 생각이 들더군요. 처음에는 그분의 명에 의해 왔었지만 지금은 온전히 제 맘이 시켜서 하는 것입니다."

"하하, 그렇습니까?"

다르샤 3세의 말에 기분이 풀어진 메스릭 2세였다.

메스릭 2세의 표정이 풀어지는 것을 본 다르샤 3세는 안도의 한숨을 내쉬고는 자신의 품속에서 무언가를 꺼내 메스릭 2세에게 건넸다.

"이건 무엇입니까?"

"그분께서 전해 달라고 하신 물건입니다."

"허⋯⋯. 본인은 어디를 가고⋯⋯."

"잠시 천계에 다녀오신다고 하셨습니다."

"천계⋯⋯."

이렇게 들으니 정말로 자기 자식이 아닌 남 같은 느낌이 들기 시작했다.

메스릭 2세는 혼란스러운 가운데 조심스럽게 건네받은 봉투를 열었다.

그 안에는 편지와 작은 책자가 들어 있었다.

메스릭 2세는 작은 책자를 먼저 펼쳐 보았다.

"뭐지?"

펼친 책자에는 아무것도 적혀 있지 않은 백지뿐이었다.

메스릭 2세는 고개를 갸우뚱거리며 편지를 펼쳤다.

거기엔 자신을 깍듯하게 아버지라 부르는 삼 황자의 필체가 담겨 있었다.

한참을 편지를 들여다보던 메스릭 2세가 편지를 고이 접어 품속에 소중하게 집어넣고는 책자를 바라보며 웃었다.

그 모습에 호기심이 동한 다르샤 3세가 물었다.

"실례가 되지 않는다면 그 책자가 무엇인지 알 수 있을까요?"

다르샤 3세의 질문에 메스릭 2세가 미소를 지으며 말했다.

"아, 이거요? 하하. 글쎄 이놈이 제국에 위협을 주거나 평화를 깨트리려고 시도하는 나라가 있으면 적으로 하는군요. 그리고 덧붙여서 제 말을 듣지 않는 신하가 있으면 그놈들도 적으로 하는군요."

메스릭 2세는 아들의 마음이 너무도 고마웠다.

반면에 다르샤 3세의 안색은 창백하게 변해 가고 있었다.

'저, 저기에 적히는 순간 끝이구나.'

저 책자에 적히는 순간 그게 무엇이 되었든 무사하진 못할 것이다.

멀리 갈 필요도 없이 당장 제국의 수호신을 자처한 드래곤들이 먼저 손을 쓸 것이다.

아찔한 생각에 다르샤 3세는 등 뒤로 느껴지는 축축함을 뒤로하고 최대한 밝은 미소를 지으며 메스릭 2세에게 말했다.

"평소에 메스릭 2세 님을 존경하고 있었습니다. 이렇게 우리가 만나게 된 것은 신께서 정해 주신 운명이라 생각합니다."

"하하하! 말씀하시는 것을 들어 보니 맞는 것 같군요."

"저와 의형제를 맺어 주시겠습니까?"

"의형제 말씀입니까?"

메스릭 2세가 깜짝 놀라면서 되묻자 다르샤 3세가 황급하게 손을 내저으며 말했다.

"제, 제 생각이 그랬습니다. 워, 원하시지 않는다면 하지 않으셔도 됩니다."

메스릭 2세는 다르샤 3세가 왜 이러는지 대충 짐작하고 있었다.

'두렵겠지. 이대로 보내면 아마 평생 두려움에 잠을 설치며 고통받겠군.'

메스릭 2세는 생각을 끝내고 고개를 저으며 말했다.

"내가 나이가 더 많은 것으로 알고 있네. 그러니 아우라 부르지. 괜찮은가?"

"무, 물론입니다! 혀, 형님!"

"하하하! 오늘은 정말로 기쁜 날이구나! 내 의제가 생긴 기쁜 날인데 어찌 파티를 벌이지 않겠는가. 여봐라! 당장 온 제국에 이 기쁜 소식을 전하고 성대하게 파티를……. 아니 아예 모든 국민이 즐길 수 있도록 나라 전체에 축제를 열도록 하여라!"

메스릭 2세의 말에 다르샤 3세 역시 자신의 수하에게 명했다.

"들었지? 오늘은 나에게 의형이 생긴 날이다! 우리 제국

국민에게도 이 기쁜 소식을 전하고 우리도 온 제국에 축제를
열거라!"

이날을 기점으로 두 나라는 친형제나 다름없는 국가가 되
었고 아주 오랜 세월 동안 이 세상의 평화를 지키는 일에 가
장 큰 역할을 하게 된다.

"이제 만족하지?"

영웅은 화이트 웜홀 앞에 서서 고홈 용병단에게 물었다.

고홈 용병단은 미소를 지으며 고개를 힘차게 끄덕였다.

"네! 만족합니다!"

"저희의 부탁을 들어주셔서 정말로 감사드립니다."

"덕분에 마음 편히 고향으로 돌아갈 수 있게 되었습니
다."

이들은 연신 영웅에게 감사 인사를 올렸다.

그런 그들에게 영웅은 손사래를 치며 말했다.

"아니다. 나 역시 그냥 갔다면 찝찝했을 거야. 자, 이제 그
만 돌아가 볼까?"

"정말로 이대로 가도 되는 겁니까? 그……. 이곳에서 알게
된 인연들도 있으실 텐데……."

"동양에 이런 말이 있지. 회자정리(會者定離) 거자필반(去者必

返). 만남에는 헤어짐이 있고 떠남이 있으면 반드시 돌아옴이 있다는 뜻이다. 저들도 알 것이야. 언젠가 다시 만나는 날이 오리라는 것을 말이지."

"회자정리 거자필반이라…… . 정말 멋진 말이군요."

"그리고 그들에게도 잘 이야기하고 왔으니 너무 걱정하지 않아도 된다. 저들은 내가 정말로 신이라고 생각하고 있으니 천계로 당연히 돌아가야 한다고 생각하고 있을 거야."

영웅이 아무렇지도 않게 웃으며 말하자 고홈 용병단은 동시에 속으로 생각했다.

'신…… 맞으시면서…… . 아니라고 하시니 장단에 맞춰 드려야겠지.'

"그, 그럼요. 하하. 다들 그렇게 생각하고 있을 겁니다."

"맞습니다! 저희도 그렇게 생각합니다."

"하하. 그렇지? 자, 이제 그만 가자. 원래 세상에서 여러 분들을 애타게 기다리고 있을 테니."

"네! 알겠습니다!"

영웅은 고홈 용병단과 함께 화이트 웜홀 속으로 들어갔고, 그들이 사라진 후에 화이트 웜홀은 언제 존재했냐는 듯이 자취를 감추었다.

그 자리에는 신비한 모습의 아지랑이만이 회오리치듯이 하늘 높게 일렁이고 있을 뿐이었다.

영웅이 데이몬드를 비롯해 고홈 용병단을 현세로 데려오고 난 후 2주의 시간이 지났다.

그동안 영웅은 집에서 뒹굴뒹굴하며 간만에 문명의 혜택을 즐기며 행복한 시간을 보내고 있었다.

"아, 평화롭다. 정말로 평화로워. 행복하군."

여유를 즐기며 행복한 시간을 만끽하고 있던 그때 노크 소리가 들렸다.

"네! 들어오세요."

영웅의 대답과 함께 문이 열리며 강백현이 들어왔다.

"어? 아버지!"

"이놈이 한동안 집을 비우길래 사업 아이템을 찾으러 간 줄 알았더니 고작 한다는 것이 빈둥거리는 것이냐? 놀러 갔다 온 것이냐?"

"네? 사, 사업이요?"

"그래! 네가 한 말도 잊어버린 거냐? 분명 나에게 너만의 회사를 차리고 싶다고 말하지 않았느냐. 이제 보니 일하기 싫어서 핑계를 대고 회사 나온 거구나?"

"네? 아, 아니요. 아, 아버지 그게 아니고……."

"시끄럽다! 됐고 내일부터 회사 출근해!"

"아, 아버지! 저 사, 사업하는 거 있어요! 지, 진짜입니다!"

영웅이 다급하게 대답하자 강백현은 의심스러운 눈초리로 영웅을 바라보며 말했다.

"이놈이? 아비를 지금 바보로 알아?"

"아, 아닙니다. 정말입니다!"

"그럼 앞장서라. 네놈이 하는 사업이 무엇인지 나에게 보여다오."

"네? 아, 아니 지금은 주, 준비 중입니다! 다 준비되면 그때 말씀드리겠습니다."

"그러냐?"

강백현은 의심스러운 눈빛을 보이며 말했다.

"좋다! 한 달! 한 달의 시간을 주마. 그때까지 제대로 된 사업을 하는 것이 아니라면 다시 출근해야 할 것이야."

"아, 알겠습니다!"

"내가 이렇게 말하는 건 전부 네가 걱정돼서라는 것을 알겠지?"

"하하, 그, 그럼요."

"허허. 녀석. 알아주니 고맙구나. 그럼 한 달. 아주 즐거운 마음으로 기다리고 있으마."

강백현은 영웅에게 한쪽 눈을 찡긋하고는 밖으로 나갔고 영웅은 강백현이 사라지자 한숨을 쉬며 방 안에 있는 소파에 주저앉았다.

"너무 저쪽 세상에 정신이 팔렸었구나. 그나저나 사업체라……. 무신 그룹이 내 것이라고 하면 기겁하시겠지?"

아직은 자신을 세상에 알리고 싶은 생각이 없는 영웅이었다.

아니, 앞으로도 쭉 알리고 싶지 않았다.

"유명세라면 이제 지긋지긋하다. 최대한 평범하게……. 작은 기업이라도 만들어야겠어. 어디 보자……. 그래! 그게 좋겠어!"

무언가를 생각한 영웅은 옷을 갈아입고 서둘러 밖으로 나갔다.

영웅은 각성자 협회 협회장인 연준혁을 찾아갔다.

"주군! 오셨습니까?"

영웅의 모습에 환한 미소를 지으며 한걸음에 달려 나와 반기는 연준혁이었다.

그러다가 영웅의 표정을 보고는 물었다.

"무슨 일이라도 있으십니까?"

"응. 사실……."

영웅은 연준혁에게 지금 자신의 상황을 설명해 주었다.

모든 이야기를 들은 연준혁은 이해가 가질 않는다는 표정으로 영웅을 보며 말했다.

"아니 무신 그룹을 말씀하는 것이 어째서 부담이 된다는 것인지요? 오히려 나서서 자랑하셔야 하는 것 아닙니까?"

"아니야, 아직은 아니야. 지금은 그냥 이렇게 조용히 살고 싶어."

조용히 살고 싶다는 영웅의 말에 연준혁은 속으로 웃었다.

각성자 세상을 들었다 놓았다 하는 사람이 조용히 살고 싶다는 말을 하다니 말도 되지 않는다고 생각했다.

하지만 다시 생각해 보니 영웅은 단 한 번도 그것을 내세우거나 하지 않았다.

"알겠습니다. 저야 뭐 주군께서 명하시면 따를 뿐입니다."

"고마워. 전에 말했던 것 중에 그 왜 월홀에 들어가서 헌터들 대신 아이템을 옮겨 주는 사람들이 있다고 했잖아."

"아! 짐꾼 말씀입니까?"

"응! 맞아, 그거. 그건 당장이라도 만들 수 있지 않나?"

"그야……. 돈만 있다면 언제든지 가능하지요. 각성자 협회에 승인을 받아야 하긴 하지만 협회의 협회장이 저이니 문제 될 것도 없습니다. 말씀만 하신다면 지금 당장 이 자리에서 승인도 가능합니다."

"그럼 승인해 줘. 거기에 들어갈 각성자들은 알아서 찾아주고. 그냥 B등급 정도가 좋겠다. 너무 등급이 높으면 아버지가 의심할 수도 있으니까."

"하하, 알겠습니다. 적당한 애들로 물색해서 찾아 놓겠습니다. 그런데 그 일을 하시려면 웜홀이라는 곳에 대해 어느 정도는 알고 시작하셔야 할 텐데요. 나중에 아버지께서 물어보실 수도 있지 않습니까."

"아! 그러네. 그건 생각을 못 했군."

"이번 기회에 경험해 보시겠습니까?"

연준혁의 말에 영웅이 고개를 끄덕였다.

"그래, 그게 좋겠다."

이렇게 둘이 대화하고 있을 때, 문이 벌컥 열리면서 붉은 머리의 아더가 들어왔다.

"주인!"

"아더구나."

"아니, 오셨으면 저에게 연락을 주셔야죠! 아래 애들이 말 안 해 주었으면 몰랐을 겁니다!"

"지금 전하려고 했어."

"정말입니까?"

"그래."

아더는 미심쩍은 표정을 지으며 영웅과 연준혁을 번갈아 가며 바라보았다.

그 모습에 영웅이 기분 나쁜 표정을 지으며 말했다.

"너 지금 나 의심하냐?"

"아, 아니 그게 아니고요……."

영웅의 말에 아더가 당황한 표정으로 손사래를 쳤다.

"방금 눈빛은 살짝 기분이 나빴다. 조심해라."

"네…….."

시무룩한 표정을 짓는 아더를 보며 영웅은 미소를 지었다.

자신이 좋아서 저러는 것을 어찌 모르겠는가.

"조금만 기다려. 조만간 독립할 테니 그때부터는 같이 지내자."

"저, 정말입니까?"

언제 시무룩했냐는 표정으로 환하게 웃는 아더였다.

본체로 변해 있었다면 거대한 꼬리를 사정없이 흔들고 있었을 것 같은 모습이었다.

"그래, 그러니까 너무 서운해하지 말고."

"알겠습니다!"

"아까 하던 이야기나 마저 하자."

"네! 일단 혹시 모르니 각성자 테스트를 한번 받아 보시겠습니까?"

"응? 전에는 일반인으로 나왔었잖아."

"이번에 대격변이 있었지 않습니까. 혹시 모르니 다시 한번 받아 보심이……."

"그래, 뭐. 힘든 일도 아니고."

"하하, 그럼 바로 준비하겠습니다."

연준혁의 말에 영웅은 고개를 끄덕였다.

잠시 후, 각성자 테스트를 하는 장소로 이동한 영웅은 테스트를 받았고 그 결과가 나왔다.

[삐빅! C등급 각성자입니다.]

"어?"

영웅은 놀랐다.

의외의 결과가 나온 것이다.

"나 각성자라는데? 근데 왜 상태창이나 이런 거 안 보여?"

영웅의 말에 연준혁이 어색한 미소를 지으며 당황한 표정으로 말했다.

"저, 저기 주군……."

"왜? 테스트가 잘못되었나?"

"사, 상태창은 A등급부터 활성화됩니다. 그리고……. C등급은 말이 각성자지……. 그냥 조금 더 힘이 센 일반인이라고 생각하시면 됩니다."

"아……. 그래?"

"C등급은 각성자라기보단 주로 웜홀 주변에서 일하거나 각성자 아이템을 처리하는 업체에 종사하는 사람들에게 나오는 등급입니다."

"뭐야, 그럼 그쪽에 관련된 일을 해서 영향을 받아 나온 등급이라는 거네?"

"그, 그렇습니다. 주군은 주변에 각성자들뿐 아니라 각성 자들이 사용하는 물품까지 사용하고 계셔서 저렇게 나온 것 같습니다."

"어찌 되었든 각성자는 각성자지?"

"그, 그렇습니다."

"그럼 줘."

"네? 뭐, 뭐를요?"

"각성자 증명서."

영웅의 말에 연준혁은 당황했다.

C등급은 각성자 증명서를 발급하지 않는다.

그냥 일반인이나 다름없어, 각성자로 취급조차 해 주지 않았기 때문이다.

이는 협회에서도 마찬가지였다.

문제는 이 증명서를 요구하는 사람이 바로 영웅이라는 점이었다.

"무, 물론입니다. 제, 제가 지금 당장 가서 마, 만들어 오겠습니다."

"응! 고마워!"

영웅의 말에 연준혁은 정신이 번쩍 들었다.

자신이 지금 무슨 짓을 하고 있단 말인가.

주군께서 원하시는데 창피하다고 잠깐이나마 생각한 자신이 너무도 한심했다.

속으로 자책하며 영웅에게 공손히 인사를 올리고는 연준혁은 자리를 떴다.

'이 무슨 불충이란 말인가. 준혁아! 연준혁아! 너는 주군을 주군이라고 부를 자격도 없는 인간이다……'

가는 내내 계속되는 자아 성찰과 반성.

'그래! 주군께서 원하시는 일이다. 그것이 곧 주군의 즐거움이고 내가 해야 할 일이다.'

결연한 눈빛으로 증명서를 발급하는 부서로 걸어가는 연준혁이었다.

발급하는 부서에 도착하자마자, 발급 부서 부서장을 찾아가 다짜고짜 증명서와 카드를 만들어 내놓으라고 요구했다.

"네에? 지금 하신 말씀이 사실입니까?"

"그래."

"아니……. C등급 각성자에게 증명서를 내주는 것도 처음인데 그것도 모자라서 각성자 카드까지 만들어 주라고요?"

"그래, 그것도 지금 당장."

"협회장님!"

5장

"왜?"

"아니……. 협회장님도 아시지 않습니까! C등급에게 증명서를 내준 적은 세계 어디를 뒤져 봐도 존재하지 않습니다. 도대체 왜 이러시는 겁니까? C등급이면 일반인보다 조금 강한 정도입니다! 각성자들이 흔히 사용하는 능력조차 쓰지 못한다고요!"

부서장은 절대로 물러서지 않겠다는 결연한 표정으로 연준혁을 몰아붙였다.

눈빛만 보아도 자신이 죽으면 죽었지 절대로 이 건은 용납할 수 없다는 눈빛이었다.

그런 부서장의 눈빛을 읽은 연준혁이 한숨을 쉬며 말했다.

"하아……. 주군께서 C등급이 나오셨다."

협회의 간부급들은 영웅의 정체를 알고 있었다.

알고 있을 뿐 아니라 그를 주군으로 따르고 있었다.

이는 부서장도 마찬가지였다.

"네?"

부서장은 정말로 놀란 얼굴로 되물었다.

"주군께서 각성자 등급이 나오셨다고. 그것도 C등급으로."

"그. 그게 정말입니까?"

"그래, 그래서 너에게 달려온 것이고."

연준혁의 말에 부서장은 명한 표정을 잠시 지어 보이다가 이내 표정을 고치고 결연한 표정으로 연준혁을 바라보았다.

연준혁은 그 표정을 보고 주군이어도 안 되는 건 안 된다고 말하려는 줄 알았다.

어찌 설득해야 하나 고민하던 그때 부서장의 입에서 예상 외의 답변이 나왔다.

"그럼 일반 카드로 만들면 안 되잖습니까! 진작 말씀을 하시지! SSS급용 카드 재고가 있는지 살펴봐야겠습니다."

"응? SSS급이라니?"

"주군께서 사용하실 카드인데 일반 플라스틱 쪼가리가 말이 됩니까!"

"안 되지……."

"이 건은 제가 다 알아서 처리하겠습니다."

"그, 그래. 부, 부탁해."

"네! 제가 금방 제작해서 주군이 계시는 곳으로 달려가겠습니다!"

힘차게 대답하고서는 연신 중얼거리며 나가는 부서장이었다.

"글자는 순금으로 새겨 드릴까? 아니야, 카드 자체를 순금으로 도금해 드릴까? 서두르자! 주군께서 기다리신다!"

그리 말하며 나가는 부서장을 바라보던 연준혁은 멍하니 있다가 이내 피식거리며 웃었다.

"여기에 나보다 더한 광신도가 있었군."

연준혁은 즐겁다는 표정으로 고개를 흔들며 영웅이 있는 곳으로 되돌아갔다.

C등급 각성자 카드를 받고 며칠이 지났다.

영웅은 회사를 설립하고 연준혁이 보내 준 B등급 각성자들을 모조리 채용했다.

갓 만들어진 신생 회사라 각성자들은 살짝 불안한 표정을 지었지만, 다른 이도 아니고 연준혁이 소개해 준 곳이니 일단은 지켜보겠다는 표정들이었다.

이렇게 회사를 차리고 일을 시작하기 전에 영웅은 연준혁이 붙여 준 안내인과 함께 월홀을 탐방하기로 했다.

연준혁이 직접 안내하겠다고 했지만, 연준혁은 너무도 유명한 인물이었고 그런 그와 같이 다니면 자신까지 알려질 확률이 높았다.

그래서 알려지지 않은 적당한 자를 붙여 달라고 요청했고 그게 지금 영웅의 옆에 있는 AA등급의 각성자였다.

그는 영웅을 데리고 월홀 안내를 해 주라는 협회장의 말에 입이 댓 발은 나와 있는 상태.

인맥을 통해 사업을 시작하려는 영웅이 맘에 들지 않았다.

'젠장! C등급 안내나 하고 있고……. 내 팔자야…….'

자신의 팔자가 기구하다, 한탄하며 속으로 한숨을 쉬며 안내를 했다.

대충 안내해 주고 싶었지만 다른 이도 아니고 협회장 인맥이었기에 그럴 수는 없었다.

겉으로 최대한 미소를 지으며 안내를 해 주는 AA급 각성자, 이원술이었다.

이원술은 몸소 몬스터를 잡아 아이템이 어찌 떨어지는지 그리고 그것을 어찌 수거해 가는지 보여 주었다.

영웅은 유심히 그것을 지켜보았다.

'어?'

그러다가 무언가 이상함을 느낀 영웅은 초신안을 사용해 조금 더 자세히 그것을 살펴보기 시작했다.

'전에 보았던 그것이다!'

영웅의 초신안에 들어온 것은 바로 인간의 눈에는 보이지도 않은 만큼 작은 입자들이었다.

영웅은 초신안에 최대한 집중하며 이원술에게 말했다.

"원술 씨, 죄송하지만 한 번만 더 보여 주시겠습니까?"

영웅의 말에 이원술은 짜증이 났지만 역시나 웃는 얼굴로 고개를 끄덕였다.

"하하. 네, 알겠습니다. 신기하신가 보군요."

영웅이 고개를 끄덕이자 이원술이 속으로 투덜거리며 다음 몬스터를 향해 기술을 날렸다.

'젠장, 내가 광대야 뭐야.'

퍼펑-!

쿠에에엑-!

이원술의 기술에 단말마 같은 비명을 지르며 사라지는 몬스터.

그 순간을 정확하게 지켜보는 영웅이었다.

'역시! 살아 움직이는 유기체였군. 저것이 몬스터를 구성하고 있었구나. 정체가 뭘까? 무언가 이질적인 모습인데?'

몬스터가 죽으면서 퍼져 나가는 미세한 입자들을 바라보는 영웅이었다.

그때 그 미세한 입자들이 발광하면서 둥글게 모이기 시작했다.

화악—!

어찌나 밝은지 옆에 있던 이원술은 고개를 돌렸다.

"다시 말씀드리지만, 저 빛이 사라지면 아이템이 떨어져 있습니다. 그때 가서 그것을 담아서 헌터들이 말하는 장소로 옮겨 주면 됩니다. 사장님은 C등급이기에 상태창도 활성화되지 않았고 또한 인벤토리도 활성화되지 않았기 때문에 알아서 옮기셔야 합니다."

옆에서 열심히 설명해 주고 있었지만, 영웅의 귀에는 들어오지 않았다.

영웅의 눈은 눈이 부시게 밝은 빛의 뒤를 바라보고 있었다.

'저 유기체들이 모여서 소환진을 만드는구나. 그 소환진을 통해 아이템을 바닥에 떨어뜨리는 것이었군.'

영웅의 말대로 눈에 보이지도 않는 수많은 유기체가 모여서 아이템을 소환하고 있었다.

저 아이템이 어디서 나타나는지 알 수 있는 장면이었다.

'그런데 어디서 오는 거지?'

하나를 알게 되니 또 다른 궁금증이 연이어 올라오고 있었다.

영웅의 이런 모습을 그저 신기한 것을 바라보느라 정신을 놓았다고 생각한 이원술이었다.

'이런 촌뜨기…… 그래, 신기하기도 하겠지. 실컷 봐라. 뭐, 앞으로는 수도 없이 보겠지만.'

영웅이 그것을 바라볼 수 있게 잠시 기다려 주는 이원술이었다.

잠시간의 시간이 지나고 빛이 사라지자 그곳에는 아이템이 자리 잡고 있었다.

금으로 만들어진 동전도 보였다.

"금화가 떨어졌군요. 저 금화는 이곳 웜홀 내에 존재하는 마을이나 도시에서 사용할 수 있습니다. 물론, 밖에 나가서 돈으로 환전도 가능하고요."

옆에서 하는 설명을 들으며 무언가를 바라보는 영웅이었다.

영웅의 눈에는 소환을 끝낸 유기체들이 흩어지지 않고 일정한 거리로 그곳을 떠다니는 것을 보고 있었다.

'저건…… 아무래도 나노 입자 크기의 기계 같은데? 절대로 생물은 아니야.'

영웅은 자신의 눈앞에 있는 초미세 입자를 투시했다.

그러자 미세 입자 안 구조가 선명하게 들어왔다.

'역시! 기계였군. 이런 엄청난 것을 만들다니. 누구지?'

영웅의 짐작대로 몬스터를 구성하고 있던 미세 입자들은 나노 머신이었다.

인간의 눈에는 보이지 않고 오로지 특수한 기계를 통해서

만 볼 수 있는 크기의 나노 입자 크기의 기계.

그런데도 저것이 인간들에게 발견되지 않은 이유는 자체적으로 기밀을 지키는 능력이 존재했기 때문이었다.

누군가가 나노 입자로 구성된 세포나 아이템을 관찰하거나 연구하려고 하면 나노 머신 자체적으로 사람들이 익히 알고 있던 과학 상식에 속하는 입자로 모양을 변형해서 관찰자를 속이게 되어 있었다.

오로지 활발하게 움직일 때만 관찰할 수 있었는데 인간들은 그것까지는 생각하지 못한 모양이었다.

지금 나노 머신의 활발한 움직임을 볼 수 있는 자는 세상에 오직 영웅밖에 없을 것이다.

'그렇다면 각성자라는 존재는 저 나노 입자가 인간의 몸에 어떤 형태로든 관여를 해서 나온 존재라는 것이군. 이 세상은 누군가에 의해서 만들어진 세상이다!'

그저 신기한 자연현상이라 생각했던 모든 것들이, 나노 머신의 발견으로 인해 자연적이 아닌 누군가에 의해 만들어진 세상이라는 것을 깨달은 영웅이었다.

'오늘 이 발견은 정말로 큰 발견이다.'

영웅은 눈을 빛내며 허공에서 투명화된 상태로 떠다니는 셀 수도 없는 나노 머신들을 바라보고 있었다.

'내 몸속에도 저것이 존재하겠군. 알게 모르게 호흡을 통해서 조금씩 흡수되었겠지. 그 때문에 C등급이 나온 것인가?'

저 정도 크기라면 몸에 흡수가 되었을 것도 같았다.

'아니지. 내 몸은 이물질이 들어오면 그 자리에서 소멸을 시킨다. 그러니 몸 안으로 흡수되진 않았을 거야. 그렇다면⋯⋯.'

영웅은 자신의 손을 바라보았다.

'피부인가?'

자신의 몸속으로 나노 머신들이 들어올 수 없다면 자신이 C등급을 받을 수 있던 이유는 이제 한 가지였다.

피부에 알게 모르게 붙어 있는 나노 머신으로 인해 기계가 오작동한 것.

'그게 가장 정확한 답이겠군. 그럼 등급 역시 저 나노 머신이 어떻게 관여를 하느냐에 따라 나뉜다는 뜻이겠지.'

그동안 궁금했던 각성자들에 대한 의문이 풀리기 시작했다.

자신이 알고 있던 세상과 전혀 다른 이 세상은 바로 저 나노 머신으로 인해 움직이고 있었다.

'그렇다면 누군가가 이 세상을 지켜보고 있다는 건데⋯⋯. 나에 대한 존재를 아직은 모르나 보군.'

알았다면 이렇게 조용히 넘어갈 리 없었다.

'정체를 확실하게 알기 전까지는 더더욱 내 정체를 들켜서는 안 되겠지. 괜히 내 정체를 알고 도망가면 곤란하니까. 아니⋯⋯. 저 나노 머신들을 이용해 지구에 막대한 해악을 끼

칠 수도 있다.'

앞으로 더 조용히 지내야 할 이유를 찾았다.

자신들에게 위기가 닥친 것을 알게 되면 지금 이 지구에 어떤 짓을 할지 알 수가 없는 노릇이었다.

더욱이 아직 그 정체를 알 수 없는 미지의 존재들이었다.

'이런 엄청난 물건들을 만들어 낸 놈들이라면 평범한 놈들이 아닐 것이다. 이거 오래간만에 두근거리는데?'

영웅의 눈이 점점 활기 있게 변해 가고 있었다.

보이지 않는 흑막을 처음 발견한 기분.

영웅은 즐거운 미소를 지으며 허공을 바라보았다.

그 모습에 안내하던 이원술은 속으로 비웃었다.

'흥! 줍기만 하면 되는 거라니까 이 일이 쉬워 보였나 보지? 그냥 놔두면 애꿎은 사람 하나 잡겠군. 하아…… 그래. 협회장님과 친분이 있는 분이니…….'

이원술은 저 한심한 인간에게 경고해 주기로 했다.

"일이 쉬워 보이십니까?"

이원술의 말에 영웅은 그게 무슨 소리냐는 표정으로 이원술을 바라보았다.

"그냥 줍기만 하면 된다고 하니 쉬워 보이셨냐고 묻는 겁니다."

이원술의 말에 영웅은 그가 무언가 오해를 하고 있다는 것을 깨달았다.

'내가 너무 깊게 빠져 있었구나.'

"아, 아닙니다. 그냥 앞으로 일을 좀 생각하니 즐거워서……."

"하하, 즐거워요? 그 말이 그거 아닙니까? 일이 쉬워 보인다는……."

무슨 말을 해도 이미 답은 정해져 있는 표정이었다.

영웅은 한숨을 쉬며 사과했다.

"미안합니다. 잠시 저도 모르게 행복한 상상을 펼쳤나 봅니다."

영웅의 사과에 이원술이 고개를 끄덕이며 말했다.

"이해합니다. 화를 낸 것은 아니니 사과하실 필요는 없습니다. 다만, 이 일의 위험성에 대해 말씀드리려고 하는 것입니다."

"위험성이요?"

영웅의 물음에 이원술이 아이템이 떨어진 곳을 가리키며 말했다.

"저 아이템을 줍는 일은 쉽습니다. 말 그대로 바닥에 떨어진 것을 줍는 것이니까요. 다만, 헌터들은 저처럼 이렇게 쉬엄쉬엄 사냥하지 않습니다. 매우 빠른 속도로 몬스터들을 처리해 나가죠. 이렇게 느긋하게 있을 여유조차 없이요."

영웅은 이원술의 설명을 경청했다.

"그렇게 빠른 속도로 떨어진 아이템의 양은 상상을 초월합니다. 인벤토리가 없는 C급, B급들이 손쉽게 처리할 수 있는 양이 아니지요. 그것을 옮기는 시간도 꽤 많이 걸립니다. 문제는 그 시간이지요."

"시간이요?"

이원술은 고개를 끄덕이며 말을 이어 갔다.

"몬스터는 일정 시간이 지나면 재생성됩니다. 그 전에 아이템을 모두 회수해야 합니다. 그러지 않으면……. 재생성된 몬스터에게 사장님과 사장님 직원들의 몸은 갈가리 찢겨 나갈 것입니다. 전문 헌터들이 사냥하는 곳들에서 나오는 몬스터들은 보통 AA급 이상의 강함을 지니고 있으니까요."

이원술의 설명에 영웅은 그제야 왜 위험한 일이라고 강조했는지 이해가 되었다.

"다들 쉽게 보고 이 일을 시작했다가 죽어 나간 사람이 셀수도 없습니다. 그러니 이 일을 쉽게 생각하지 마시고 항상 조심 또 조심해야 합니다."

"감사합니다. 명심 또 명심하겠습니다."

협회장 인맥이라 거만할 줄 알았는데 자신의 한 충고를 진심으로 받아들이며 감사해하는 영웅을 바라보며 자기 생각을 달리하는 이원술이었다.

'사람은 나쁘지 않군. 하긴, 협회장님이 어떤 분이신데 아무한테나 이러시겠어.'

그리 생각하니 기분이 좋아진 이원술이었다.

"하하, 그래도 너무 겁먹진 마세요. 재생성될 때까지는 시간이 충분하고 또 재생성될 때는 아까 아이템이 떨어질 때처럼 환한 빛이 나올 겁니다. 그때는 뒤도 돌아보지 말고 안전구역으로 뛰셔야 합니다."

"알겠습니다."

자신을 존중해 주는 모습을 보이는 영웅이 점점 맘에 든 이원술은 그 뒤로 아주 친절하게 그에게 웜홀 속 세상에 대해 많은 이야기를 해 주었다.

덕분에 웜홀 속 세상에 대해 많은 것을 알게 된 영웅이었다.

"자, 이제 마지막으로 몬스터가 재생성되는 모습을 보여 드리죠. 이것을 보면 언제 도망을 가야 하는지 확실하게 알수가 있으니까요."

이원술의 말에 영웅은 고개를 끄덕였다.

"대충 이 정도 시간이 지났으면 슬슬 시작할 겁니다. 짧게는 30분에서 길게는 1시간 정도 뒤에 재생성이 되니까요."

이원술의 말이 끝나기가 무섭게 환한 빛이 사방에서 생겨나기 시작했다.

이원술이 몬스터를 전부 처리한 곳이었다.

"저렇게 환한 빛이 나오면 무조건 도망가셔야 합니다. 보통 5분 정도 빛이 나니 도망칠 시간은 충분하실 겁니다."

그 말에 영웅은 고개를 끄덕이며 환한 빛을 뚫어지게 바라보았다.

그 안에서는 나노 머신들이 활발하게 움직이며 몬스터의 형태를 구성해 가고 있었다.

'역시나, 저 작은 것들이 본체였구나. 저것들이 모이고 모여서 몬스터를 생성하는 것이었군.'

나노 머신들이 적당한 충격을 받으면 죽은 것처럼 위장해서 공중으로 흩어졌다가, 일정 시간이 지나면 다시 뭉쳐서 몬스터의 형태를 만들었다. 이 때문에 끊임없이 몬스터가 재생성되었던 것이다.

'초자연적인 힘이라 믿고 있는 이곳 사람들이 저것의 실체를 알면 무슨 기분일까. 아니, 오히려 더 놀랄지도 모르겠군. 지금 내가 그런 것처럼.'

이곳에서 나가면 좀 더 자세히 연구해 봐야겠다고 생각하는 영웅이었다.

웜홀 속에 존재하는 몬스터들이 끊임없이 생성된다는 말에 그동안 그 모습을 보고 싶었는데, 이렇게 보니 이 세상에 대해 좀 더 자세히 알아봐야겠다고 생각하는 영웅이었다.

'재밌는 세상이군. 시간이 지날수록 새롭게 다가오는 세상이야. 지루할 틈이 없어.'

영웅은 피식 웃으며 이원술의 안내에 따라 다시 이동하기 시작했다.

웜홀 속 세상에 대해 이원술에게 집중 과외를 받은 영웅은 2주 뒤에 본격적으로 사업을 시작했다.

처음에는 연준혁을 비롯해 영웅의 수하들이 자신들의 일을 맡기겠다고 서로 다투기까지 했다.

그런 그들의 모습에 영웅이 고개를 절레절레 저으며 말했다.

"그냥 내가 알아서 하지."

영웅은 아예 연준혁이 소개해 준 짐꾼들마저 돌려보내고 처음부터 다시 선발했다.

하지만 아무런 성과가 없는 신생 회사에 선뜻 들어오려는 짐꾼은 없었다.

덕분에 며칠을 허송세월로 보내고 있다가 짐꾼 네트워크에 올라온 리스트를 찾아보기 시작했다.

그렇게 유심히 보다가 붉은 글씨로 주의라고 적혀 있는 두 사람을 발견하게 되었다.

"뭐지? 이 사람들은 왜 주의일까? 나쁜 짓을 했나?"

호기심이 생겼다.

나쁜 짓을 하는 놈들이면 오히려 더 환영이었다.

이런 자들을 갱생시키는 것도 재밌는 소일거리 중 하나였으니까.

"붉은 글씨로 주의라고 적혀 있으니 더 호기심이 생기는 군."

영웅은 이들에게 즉시 연락을 했다.

그리고 다음 날 약속된 시간에 그들이 영웅의 사무실로 찾아왔다.

"아! 어서 오십시오! 자 자, 이쪽으로."

영웅의 안내에 조심스럽게 자리에 앉은 두 사람은 사무실을 구경이라도 하듯이 두리번거렸다.

"하하, 사무실을 차린 지 얼마 되지 않아 아직 어수선합니다."

영웅은 순식간에 커피 두 잔을 타서 그들 앞에 살포시 내려놓으며 말했다.

"아! 제가 여쭤보고 타야 했는데……. 커피…… 괜찮으시죠?"

"아……. 네, 커피 좋아합니다."

"저도 좋아합니다."

"다행이네요. 한번 드셔 보세요. 제가 다른 것은 몰라도 커피 하나는 기가 막히게 탑니다."

영웅의 말에 반신반의하면서 커피 잔에 입을 가져가는 두 사람이었다.

호르륵-!

"우왓!"

"헉!"

두 사람은 자신들도 모르게 감탄사를 지르며 눈을 동그랗게 떴다.

"우와! 정말 대단하십니다!"

"태, 태어나서 이렇게 맛있는 커피는 처음 먹어 봅니다!"

"하하, 그렇게 격하게 반응해 주시니 오히려 제가 기쁘군요."

영웅은 자신이 탄 커피를 맛보고 황홀한 표정을 짓는 두 사람을 흐뭇하게 바라보았다. 동시에 그들의 몸에서 느껴지는 기파를 분석하고 그들의 성격을 파악하고 있었다.

'둘 다 선한 기운이 강하군. 순박하고 착하다. 그런데 왜 주의라고 적혀 있지? 특별히 위험한 기운은 느껴지지 않는데.'

영웅은 이 둘이 마음에 들었다.

그렇게 생각하며 바라보고 있을 때 두 사람 중 한 명이 조심스럽게 커피 잔을 내려놓으며 영웅에게 말했다.

"저기 며, 면접은 언제 시작하시는지?"

"아! 면접이요?"

"네, 저희 둘을 이곳에 부르신 이유가 면접 때문이 아니었나요?"

"아! 면접! 하하, 맞습니다. 자, 그럼 어디 한번 시작해 볼까요?"

영웅의 말에 두 사람은 품에서 무언가를 주섬주섬 꺼내 영웅에게 내밀었다.

이력서였다.

영웅은 그들이 내민 이력서를 바라보았다.

'둘 다 B등급이군. 짐꾼 경력은 이제 1년 정도? 흠······.'

이력서를 유심히 바라보다가 책상 위에 올려놓고 가장 궁금했던 점을 물었다.

"네트워크에 주의라고 붉은 글씨가 적혀 있던데 그것에 관해 물어도 되겠습니까?"

영웅의 질문에 두 사람은 서로를 바라보며 머뭇거리더니 조심스럽게 말했다.

"저희는 억울합니다. 누명을 쓰고 힘없이 당했을 뿐입니다."

"누명이요?"

"아이템을······. 저희 둘이 빼돌렸다며······."

말을 하다 말고 울먹이는 남자였다.

그 모습에 옆에 있던 남자가 그의 등을 토닥이며 말했다.

"저희는 정말로 억울합니다! 정말로 저희는 하늘에 맹세코 아이템을 빼돌린 적이 없습니다!"

"흐음, 그럼 누명을 벗기 위해 노력해 보셨습니까?"

"짐꾼 세계는 전부 거기서 거기입니다. 저희가 일했던 짐꾼 길드는 이쪽 세상에서 제법 알아주는 큰 길드입니다. 저희 같은 B급 각성자들에게는 꿈의 길드이기도 하고요. 그런 길드에서 다른 짐꾼 회사에 저희에 대한 소문을 퍼트려 놓았습니다. 저희는 결백을 주장했지만……. 아무도 믿어 주지 않았습니다. 저희의 편을 들어 봐야 자신들에게 득이 될 일이 없으니 아무도 믿지 않겠지요."

남자가 열심히 이야기하고 있을 때 영웅의 눈은 그의 마음을 바라보고 있었다.

'진실이군. 이들은 절대로 훔치지 않았어.'

다른 사람들은 몰라도 영웅은 확실하게 알 수 있었다.

이들이 하는 이야기는 전부 진실이라는 것을.

'아마도 누군가가 아이템을 빼돌리고 이들에게 누명을 씌운 것 같군.'

"좋습니다. 저는 여러분을 한번 믿어 보죠."

"네?"

"왜요? 믿지 말까요? 저에게 거짓을 말씀하신 건가요?"

"아, 아닙니다! 다, 다만……. 저희를 채용하시면 아까 말씀드렸던 짐꾼 길드에 찍힐 수도 있습니다. 역시 안 되겠습니다. 저희는 그냥 다른 일을 찾아보겠습니다. 저희 때문에 사장님에게 피해가 가는 것을 원치 않습니다."

"이 친구 말이 맞습니다. 저희가 생각을 잘못했습니다. 그래도 오늘 커피는 정말 감사했습니다. 사장님께서 타 주신 커피 한 잔의 맛에 삶의 희망이 생겼습니다. 정말로 감사합니다."

이들은 재빨리 자신들의 이력서를 챙겨 들고 사무실을 나가려 했다.

"저와 함께하시죠. 저는 당신들이 필요합니다."

영웅의 말에 나가려던 두 사람은 움직임이 멈췄다.

자신들을 필요로 한다는 말.

그토록 듣고 싶었던 말이었다.

"크흐흑!"

"흑흑흑! 저, 저희가 필요하다고 말씀해 주시다니……."

두 사람은 영웅의 말에 크게 감동했는지 대성통곡을 하며 바닥에 주저앉았다.

그동안 쌓였던 설움이 한 번에 터진 것처럼 보였다.

영웅은 그들이 가슴속에 쌓여 있던 한을 풀어낼 수 있도록 조용히 지켜보았다.

그렇게 한참을 대성통곡하던 둘은 눈물을 닦고는 영웅을 바라보며 말했다.

"남자는 자신을 알아주는 이를 위해 목숨을 바친다고 했습니다. 저는 앞으로 사장님을 위해 몸이 부서져라 일할 것입니다."

"저 역시 이 친구와 같은 마음입니다. 사장님을 위해서라면 무엇이든 하겠습니다."

둘은 결연한 표정으로 영웅을 바라보며 말했다.

그런 둘에게 영웅이 미소를 지으며 말했다.

"몸이 부서져라 일할 필요까진 없습니다. 자기 몸은 자기가 챙겨야죠. 저를 위해 그러지 마시고요. 앞으로 잘 부탁드리겠습니다."

"네! 믿어 주십시오! 저희가 다른 것은 몰라도 일 하나는 확실하게 합니다!"

주먹을 불끈 쥐고 속으로 굳게 다짐하는 둘이었다.

'저분에게 피해가 가지 않도록 내 모든 것을 걸고 노력할 것이다!'

이날을 기점으로 자신들의 운명이 바뀌리라는 것은 꿈에도 모른 채 마음속으로 영웅에게 충성을 다짐하는 둘이었다.

인벤 길드.

가장 많은 짐꾼을 보유하고 있고 가장 큰 세력을 지닌 짐꾼 길드다.

그 길드는 다국적 길드로, 세계 모든 나라 사람들이 짐꾼으로 속해 있었다. 인벤 길드는 모든 나라를 상대로 영업을 하는 대형 길드였고, 세력이 워낙에 강하기에 그들이 관리하는 웜홀과 구역 또한 많았다.

그들이 관리하는 구역에서 아이템을 주워 오려면 그들에게 일정량의 세금을 내야 했다.

물론, 헌터들에게 부과되는 세금이 아닌 짐꾼들이나 그 짐꾼들이 속해 있는 회사에 부과하는 세금이었다.

짐꾼들은 부당함을 느꼈지만 어디 가서 하소연할 수는 없었다.

이것이 이곳의 생태였고 법칙이었기 때문이었다.

세계 각성자 협회에서도 알게 모르게 눈감아 주고 있었기에, 힘이 없는 짐꾼들은 그저 울며 겨자 먹기로 세금을 바쳐야만 했다.

이것은 인벤 길드뿐 아니라 다른 대형 길드가 관리하는 구역에 가도 마찬가지였다.

다만, 대형 길드끼리는 서로 간의 협정을 맺어 세금을 면제해 주고 있었다. 한마디로 힘없고 약한 무리에게 갑질을 하고 있는 것이었다.

인벤 길드의 길드장은 일본인이었고 그는 한국인을 엄청나게 싫어했다.

한국인 짐꾼은 잘 받아 주지도 않았고, 받는다 해도 1년을 넘기지 못하고 그만두게 만들기로 유명했다.

이 모든 것은 길드장 뒤에 존재하는 일본의 프리레전드 요시키가 있었기에 가능한 일이었다.

인벤 길드는 요시키의 동생, 아카시가 운영하는 길드였다.

형의 후광을 입고 빠른 속도로 세력을 확장해 나갔고 그 결과 최고의 짐꾼 길드 자리를 차지하게 된 것이다.

그 과정에서 수많은 길드를 합병했으며 그 길드에 속해 있던 한국인들을 인정사정없이 내쳐 버렸다.

덕분에 인벤 길드는 한국인들에게 증오의 길드로 자리 잡게 되었고, 한국인들이 만든 짐꾼 길드와는 철천지원수와도 같은 길드가 되었다.

그 때문에 웜홀 내에서 분쟁이 자주 일어나자 세계 각성자 연합에서는 중재에 나섰다. 하지만 나중에는 세계 각성자 협회가 인벤 길드의 손을 들어 주며, 약소국의 서러움을 제대로 경험해야 했다.

연준혁은 부당한 결과에 항의하고 나섰지만, 그 당시 연준혁은 힘이 없었기에 그의 항의는 무시되었다.

그 후로 오랫동안 짐꾼 쪽 일에서 한국인들이 받는 부당한 대우는 지속되었다.

힘이 없는 나라의 설움은 이곳에서도 매한가지였다.

그나마 한국의 기업에서 운영하는 짐꾼 시스템이 있기에 그곳에 들어가면 부당한 대우는 비껴갔다.

주로 헌터들이 활발하게 활동하는 웜홀은 오렌지 웜홀이었다.

적당한 난이도의 몬스터들과 그에 반해 질 좋은 아이템들이 떨어지는 곳이기에 어느 나라든 오렌지 웜홀은 인기가 많았다.

반면에 희소한 아이템이 가장 많이 나오는 레드 웜홀은 사람이 거의 없었다.

몬스터 난이도가 들쑥날쑥한 데다가 재생성되는 시간도 빨라서 짐꾼을 운용할 수가 없었다.

그랬기에 오렌지 웜홀처럼 대량으로 아이템을 가지고 나오지 못했고 그것이 안 그래도 희귀한 아이템의 가치를 더욱더 상승시켰다.

또한 아무나 레드 웜홀에 들어갈 수는 없었다.

S급 각성자라도 자칫 잘못했다가는 목숨을 잃는 곳이 레드 웜홀이었기에, SSS급도 만반의 준비를 마친 뒤 긴장하고 들어가야 했다.

레드 웜홀은 그만큼 위험했기에 짐꾼들이 존재하지 않았다.

짐꾼뿐 아니라 그곳에서 사냥하는 헌터들도 많지 않았기에 청정 지역이었다.

누군가 그랬다.

레드 웜홀을 정복하는 자는 곧 세계를 정복하는 자일 거라고.

하지만 아무도 시도하지 않았다.

그만큼 위험했고, 그간의 수많은 결과가 그것을 알려 주고 있었다.

안정된 오렌지 웜홀이 있는데 굳이 위험을 무릅쓸 필요가 있을까.

심지어 레드 웜홀은 입구조차 그 수가 많지 않았다.

그렇게 레드 웜홀의 존재가 잊혀 갈 때쯤 그것을 유심히 살펴보는 이가 나타났다.

바로 영웅이었다.

"흠, 여기 완전 노다지잖아. 다른 곳과 달리 경쟁할 필요도 없네."

영웅의 말에 연준혁이 옆에서 고개를 끄덕이며 답했다.

"그렇습니다. 레드 웜홀은 위험하기에 아무도 그곳에서 자리 잡고 사냥하려 하지 않습니다. 특수한 경우에만 기업이 최상위급 헌터들에게 의뢰를 해 원하는 아이템을 가져올 뿐입니다."

"아이템이 랜덤으로 나온다며? 원하는 아이템이 나올 때까지 사냥하는 건가?"

"그런 경우도 있지만, 대부분은 레드 웜홀 속에 존재하는 특별한 식물들을 채집하기 위해 들어갔다 오지요. 보통은 은신에 능한 헌터들이 몬스터들 몰래 들어가 캐 오는 편입니다."

"아⋯⋯. 그렇게 강한가?"

"음⋯⋯. 한번 경험해 보시겠습니까?"

연준혁의 말에 영웅이 고개를 끄덕였다.

"주인! 저도 가겠습니다!"

아더가 옆에서 벌떡 일어나 외쳤다.

그런 아더를 바라보며 연준혁에게 묻는 영웅이었다.

"아더도 웜홀 속으로 들어갈 수 있나?"

"그, 글쎄요? 아더 님 같은 경우는 특수한 경우라……."

"뭐, 정 안 되면 내가 착용하고 있는 각성자의 은총을 입히면 되겠지. 나는 그거 없어도 입장이 되잖아."

"그렇습니다. 주군께서는 이제 어엿한 각성자이시니까요."

"들었지? 너도 같이 가자. 여럿이 가면 재밌겠네."

영웅의 말에 아더가 함박웃음을 지으며 즐거워했다.

"그런데 다른 이들에게는 말 안 해도 될까요? 자기들 빼놓고 갔다고 엄청 서운해할 텐데요."

"그런가? 흠, 그러면 웜홀 속에서 피크닉 한번 하자. 가장 조용한 웜홀로 골라 봐. 사람이 없는 곳으로."

"알겠습니다. 제가 봐 둔 곳이 있으니 그곳으로 모시겠습니다."

연준혁의 말에 영웅이 미소를 지으며 고개를 끄덕였다.

"그나저나 새로 뽑은 짐꾼들은 잘하고 있습니까?"

"응, 엄청 열심히 하더라. 내가 세금 걱정하지 말고 닥치는 대로 하라고 했어. 어차피 돈이 목적이 아니니까."

"아, 그렇습니까? 하긴 세금 걱정만 없다면야 일 찾기는 수월하겠군요."

"그렇지. 덕분에 소문이 좀 나서 신규 채용도 수월하게 하고 있어. 지금 30명까지 늘어났어."

"조만간에 짐꾼 쪽도 주군께서 접수하시겠군요."

"안 그래도 우리 쪽 사람들이 그동안 불공정한 대우를 받아 왔다고 해서 한번 날 잡아서 뒤집어엎을까 생각 중이야. 그 전에 레드 웜홀을 정복하고 그곳에서 우리 사람들이 마음껏 일할 수 있게 만들어야겠지."

"좋은 생각이십니다."

연준혁은 지금까지 느껴 보지 못했던 든든함을 느꼈다.

'기댈 곳이 있다는 것이 이렇게 즐겁고 행복한 것이구나. 하하하, 우리를 무시했던 놈들 모두 기다려라. 아주 피똥을 싸게 해 주마!'

앞으로 벌어질 일들을 상상하며 즐거운 미소를 짓는 연준혁이었다.

"그렇게 좋아? 자, 일단 사람들에게 연락해. 그리고 말한 그 장소로 모두 모이라고 해."

"알겠습니다."

원래 영웅은 웜홀이라는 것을 만든 미지의 상대를 찾기 전에는 조용히 활동하려 했다.

나노 머신을 누군가가 조작하고 있다면 자신에 대한 정보가 그들에게 전달될 것이니까.

하지만 지금은 생각이 바뀌었다.

차라리 적당히 힘을 사용해서 그들을 꾀어내기로 한 것이다.

C등급인 자신이 레드 웜홀 속에서 몬스터들을 잡는다면 미지의 존재들이 자신에게 관심을 가질 것이고, 어떤 방식이든 조사를 하기 위해 자신에게 접근할 것이라고 생각했다.

　'이게 가장 좋은 방법 같아. 어디에 있는 줄 알고 찾아. 자, 어떤 놈들인지 면상이나 한번 보자.'

　핍박을 받아 오며 살아온 한국의 헌터들과 짐꾼들을 위한 장소도 만들고, 더불어 이 세계를 이렇게 만든 장본인도 찾아내는 일석이조의 방법이라 생각하며 영웅은 만족스러운 미소를 지었다.

　퍼퍽−!
　투학−!
　사방에서 몬스터들이 물 풍선 터지듯이 터져 나가고 있었다.

　그 일을 하는 사람들은 바로 연준혁과 천민우, 그리고 독고영재였다.

　세 사람은 경쟁이라도 하듯이 순식간에 레드 웜홀을 정리해 나가고 있었다.

　"주군께서 계신 장소다! 모조리 잡아!"

　"하하, 저는 벌써 30마리 넘게 잡았습니다."

"회주님이 가장 적게 잡았습니다. 분발하세요."

"뭐야? 이놈들이! 그까짓 것 금방 따라잡는다!"

들어오자마자 천민우가 주군을 위해 자신이 이곳을 정리하겠다고 외치며 달려나갔다.

그러자 뒤에 있던 연준혁과 독고영재가 발끈하며 그 뒤를 따라 몬스터를 쓸어버리고 있었다.

덕분에 영웅은 손 하나 까딱하지 않고 그것을 지켜보고 있었다.

"생각보다 약한데?"

"주인, 이런 허접스러운 놈들만 있는 곳이 정말로 위험한 곳 맞습니까? 저는 못 믿겠습니다."

"그러게. 아니면 우리가 잘못 들어온 건가?"

둘의 대화에 리차드가 조심스럽게 다가와 입을 열었다.

"마스터, 이곳은 레드 게이트가 맞습니다. 다만, 저들이 비상식적으로 강한 것이 문제지요."

"아 그런가? 하긴, 셋 다 레전드급 각성자들이니."

"그렇습니다. 이곳은 프리레전드부터는 손쉽게 사냥이 가능한 곳입니다. 실질적으로 일반적인 헌터 활동을 하는 등급에게 이곳은 넘볼 수 없는 공간이 맞습니다."

리차드의 설명을 들으며 영웅은 주변을 두리번거렸다.

"그런데 저렇게 처리한다 해도 시간이 지나면 재생성되지 않나?"

"아, 리스폰을 말씀하시는 겁니까? 걱정하지 않으셔도 됩니다. 이 주변에 거점 인식 장치를 설치해 두었으니 저것들이 사라지고 나면 이곳에는 더는 몬스터가 리스폰되지 않습니다."

"거점 인식 장치?"

"네, 저기 보이는 저 기둥 같은 것이 바로 거점 인식 장치입니다. 저것을 설치하면 설치한 공간에는 몬스터가 침범하지 않고 리스폰도 되지 않습니다."

'나노 머신이 접근하지 못하게 하는 장치인가 보군.'

몬스터의 정체가 무엇인지 알고 있는 영웅은 그렇게 생각했다.

눈에 보이지도 않는 초하이테크 물체를 만든 자들이니 별의별 신기한 물건들이 많을 것이다.

'이곳 세상에 존재하는 신비한 아이템들은 전부 그들이 실질적으로 사용하는 물건이거나 제작한 물건들이겠지.'

아니나 다를까 유심히 보니 나노 머신들이 거점 인식 장치의 주변으로 멀리 물러나는 것이 보였다.

그렇게 유심히 바라보고 있을 때 주변 정리를 다 한 세 사람이 상기된 얼굴로 영웅에게 달려왔다.

"주군! 다 정리했습니다!"

그들의 말에 영웅이 미소를 지으며 고생했다고 말하려는 그때, 방금 몬스터들을 정리했던 장소에서 휘황찬란한 빛이 뿜어져 나오기 시작했다.

영웅을 제외한 나머지 사람들은 그 빛을 보며 경악하고 있었다.

"시, 신화급! 신화급 아이템이다!"

다들 놀란 얼굴을 하고는 그 빛이 나는 곳으로 달려갔다.

영웅과 아더만 고개를 갸웃거리며 그것을 바라보고 있을 뿐이었다.

"주인, 뭔가 좋은 것이 떨어졌나 봅니다. 저들이 저렇게 난리를 치는 것을 보니 말입니다."

"그런가 보네. 저 금빛을 봐. 딱 봐도 제법 귀중한 아이템이 떨어진 모양이야."

영웅이 시큰둥한 표정으로 빛이 나는 곳을 바라보고 있을 때.

아이템이 떨어진 장소를 향해 달려갔던 사람들은 바닥에 떨어진 휘황찬란한 아이템을 바라보며 황홀한 표정을 하고 있었다.

"검인가?"

"어서 저 빛의 장막을 거두어 보시게!"

"아, 알겠습니다!"

연준혁이 재빨리 양손을 교차해서 무언가를 중얼거렸다.

그러자 연준혁의 몸에서 빛이 흘러나오더니 곧바로 검이 있는 곳으로 향했다.

그 장면을 유심히 지켜보던 영웅은 연준혁의 몸에서 나노 머신들이 빠져나오는 것을 발견했다.

연준혁의 몸에서 나온 나노 머신들이 바닥에 있는 검을 감쌌다. 이어 발광하고 있는 또 다른 나노 머신들을 밀어내기 시작했고, 이내 서서히 검의 본모습이 드러나기 시작했다.

사아악─!

흐릿했던 검의 형태가 또렷하게 보이기 시작하자 그것을 감정하는 연준혁이었다.

순식간에 감정을 끝내고 사람들에게 검의 정체를 말해 주었다.

"신화급 검이 맞습니다. 검의 이름은 천뢰신검(복제)입니다."

"복제? 그럼 원본이 아니라는 거네?"

"네. 설명에는 홍익인간(弘益人間)들의 왕이 사용했던 천부삼인(天符三印) 중의 하나인 천뢰신검(天雷神劍)을 복제한 것이라고 합니다."

"복제품인데도 신화급이라니……. 그럼 진짜 천뢰신검은 얼마나 대단한 검이라는 말인가."

"이것을 어찌할까요?"

"어찌하긴 뭘 어찌하나? 주군께 바쳐야지!"

"맞네. 당연히 주군께 바쳐야지. 그것을 입 아프게 묻고 있는 것인가. 혹시 자네, 탐이 나는 것인가? 뭘 그렇게 유심히 보는 것인가. 정말로 탐이 나나 보군."

"아, 아닙니다! 어, 어디선가 많이 본 듯한 모양이어서 유심히 살폈……. 헉!"

말을 하다가 놀란 얼굴로 천천히 영웅을 향해 고개를 돌리는 현준혁이였다.

"어, 어디서 봤는지 기억났습니다."

"오, 그래? 어디서 보았는가?"

"주, 주군께서 제게 이것처럼 생긴 검을 만들어 달라고 부탁을 하신 적이 있었습니다. 그때 만들어 드린 검이랑 똑같습니다."

"정말인가?"

"네! 확실합니다. 주군께서 만들어 달라고 했던 그 모습 그대로입니다."

사람들이 자신을 두고 계속 이야기를 하자 호기심이 동한 영웅은 사람들이 모여 있는 장소로 이동했다.

"뭔데 자꾸 내가 이야기 주제로 나오는 거야?"

영웅의 물음에 독고영재가 물었다.

"주군, 이 검을 보신 적이 있으십니까?"

그 말에 독고영재의 손에 들려 있는 검을 유심히 바라보는 영웅이였다.

그러다가 무언가 생각이 났는지 놀란 얼굴로 사람들과 검을 번갈아 봤다.

"응? 어? 이거⋯⋯."

"알고 있는 검입니까?"

"응, 알고 있지. 내가 가지고 있는 검이니까."

"네에?"

영웅의 말에 다들 놀란 얼굴로 영웅을 바라보았다.

"우연히 얻은 검인데, 들고 있으면 마음이 편안해져서 가끔 수련할 때 사용하곤 해. 보여 줄까?"

"네!"

말이 끝나기가 무섭게 다들 합창하듯이 대답했다.

그 모습에 영웅이 멍한 표정을 짓다가 이내 웃음을 지으며 자신의 4차원 공간을 열었다.

쯔잉―!

손을 뻗어 잠시 뒤적거리더니 이내 영웅의 손에 들려 나오는 하나의 검.

영웅이 무림 세상에서 얻은 천뢰신검이었다.

"세상에⋯⋯. 보기만 해도 엄청난 기운이 느껴집니다."

"지, 진짜 천뢰신검이 맞습니까?"

사람들의 물음에 영웅이 고개를 끄덕였다.

"응, 진짜. 나 외에 다른 이는 거부하는 검이야. 한번 만져 볼래?"

영웅의 말에 독고영재가 손을 조심스럽게 내밀었다.

"소신에게 만져 볼 수 있는 영광을 주시겠습니까?"

"응, 하지만 조심해. 생각보다 까탈스러운 놈이라서 말이지."

"허허허, 주군도 참. 걱정하지 마십시오. 이래 봬도 제가 레전드급 각성자아악!"

빠지직―!

독고영재가 손을 내밀자마자 상상을 초월하는 엄청난 뇌전이 나와 독고영재의 손을 덮쳤다.

6장

독고영재가 엄청난 반사 신경으로 재빨리 호신기(護身氣)를 두르고 손을 빼냈음에도 손끝이 순식간에 타들어 가 검게 변해 버렸다.

"크으윽!"

찰나의 순간에 호신기로 손을 보호했음에도 피해를 입은 것이다.

괴로워하는 독고영재에게 다가가 타들어 간 그의 손을 잡는 영웅이었다.

"어째 전보다 더 격렬하게 다른 이를 거부하는 것 같은데. 전에는 이 정도까진 아니었거든."

화악-!

영웅은 독고영재의 손을 치유하면서 말했다.

"가, 감사합니다. 후와, 정말로 엄청난 검이군요. 조금만 늦었다면 몸 전체가 타들어 갔을 겁니다. 소신이 태어나서 느껴 본 기운 중에서 가장 강한 기운이었습니다."

독고영재의 말에 다들 검에서 나온 기운을 느꼈는지 고개를 격하게 끄덕였다.

심지어 아더마저 두려운 표정으로 검을 바라보며 말했다.

"주인, 저 검이 저보다 강한 힘을 가지고 있습니다. 이런 말도 안 되는 검이 존재하다니."

아더의 말을 알아듣기라도 했는지 영웅의 손에 들려 있는 천뢰신검이 웅웅거리며 울어 댔다.

"주군께선 아무렇지 않습니까?"

"나? 나는 아무렇지 않아. 오히려 이것을 들고 있으면 마음이 편안해진다니까? 마치 오랫동안 내가 지니고 있었던 물건처럼 말이지. 근데 지금 보니 전보다 더 격렬하게 거부 반응을 일으키네."

"주군의 품에 있으면서 영향을 받은 것이 아닐까요?"

"그런가? 어찌 되었든 이게 진품이라는 거지?"

"그런 것 같습니다."

"그럼 그 가짜는 나한테 필요 없다는 것도 알겠지? 너희끼리 나누든가 아니면 팔든가 알아서 해."

"그래도 주군께서 지니고 계시다가 나중에 포상용으로 사용하심이 어떠십니까?"

"흠, 그럼 무신천에 진열해 놔. 10년 동안 누적 공적이 가장 높은 사람에게 수여한다고 적어 놓고."

"오! 좋은 방법입니다."

"너희는 필요 없어?"

"하하, 저희도 필요하다면 공적을 쌓으면 되는 일 아니겠습니까."

그 말에 영웅이 미소를 지으며 고개를 끄덕였다.

영웅은 천뇌신검을 다시 4차원 공간으로 밀어 넣고 말했다.

"자! 그럼 이곳에 온 목적이 있으니 그것부터 처리하자."

"네!"

사람들은 다시 사방으로 흩어져 몬스터를 잡았다.

또한 곳곳에 거점 인식 장소를 만들어 짐꾼들이 안전하게 이동할 수 있도록 안전 구역들도 확보하기 시작했다.

일종의 통로를 만들어 두고 그 통로를 중심에 두고 사냥을 하는 방식인 것이다.

그러면 짐꾼들은 통로에서 대기하고 있다가 몬스터가 떨어뜨린 아이템을 잽싸게 주워 다시 통로로 돌아오는 방식이었다.

거점 인식 장비는 가격이 꽤 나가는 장비인지라 사실상 배보다 배꼽이 더 큰 격이었지만, 이들에게 그것은 문제가 되지 않았다.

그렇게 아무도 시도하지 않았던 붉은색 웜홀 정복이 시작되고 있었다.

"뭐? 그놈들을 받아 준 곳이 있다고?"

인벤 길드 길드장, 아카시가 업무를 보던 중에 들어온 보고를 듣고는 고개를 들어 물었다.

"아니, 그놈들을 받으면 우리와 척을 지게 되는 건데 받아 준 곳이 있다고?"

"그렇습니다."

"한국 업체인가? 조센징 놈들 말고는 그놈들을 받아 줄 곳이 없는데."

"맞습니다. 한국 업체고 이번에 새로 개업한 신생 업체입니다."

"아, 그래? 그럼 그렇지. 우리의 경고를 무시하고 그놈들을 받아 줄 만큼 간이 큰 길드나 회사는 없겠지."

"어찌할까요?"

"뭐 큰 문제 있겠나? 신생이면 어차피 일거리도 제대로 잡지 못할 텐데."

"그게…… 생기자마자 이곳저곳에서 일거리를 주는 바람에 엄청난 속도로 세를 확장해 나가고 있습니다."

"호오. 생각보다 능력이 있는 놈이 업체를 만들었나?"

"알아본 바로는 C급 각성자라고 합니다. 다만, 특이점은 그 업체 사장이 바로 천강 그룹 회장 강백현의 막내아들이라고 합니다."

"흠. 그럼 천강에서 뒤를 밀어줬겠군. 그렇다면 이해가 되지. 뭐, 그래도 경고는 해 두어야겠지. 그쪽 사장에게 대충 우리의 뜻을 전달해."

"알겠습니다. 거부하면 어찌할까요?"

"천강 그룹에 골치 아픈 일이 생길 것이라고 전해. 머리가 있다면 대충 알아듣겠지."

"알겠습니다."

보고하던 수하가 나가자 아카시의 눈빛이 날카롭게 변하며 중얼거렸다.

"감히 내가 점찍어 놓은 여자를 가로챈 건방진 놈 같으니. 네놈 인생을 송두리째 박살을 내 주마. 크크크. 그렇게 고통 속에서 발버둥을 치다 보면 네 여자는 나에게 올 수밖에 없을 것이다."

아카시는 음흉한 표정으로 혀를 날름거리며 즐거운 듯이 키득거렸다.

영웅은 자신의 사무실에 찾아온 한 손님을 바라보며 시큰 둥한 표정을 짓고 있었다.

그런 영웅의 표정을 보며, 남자는 자신의 안경을 손가락으로 밀어 올리고는 입을 열었다.

"사장님께서 새로 개업을 하셔서 아직 이 바닥에 대해 자세히 모르시는 모양인데, 저희 인벤 길드입니다."

"인벤 길드가 뭔지 모르겠고, 내가 왜 그쪽 말을 듣고 내 이쁜 직원들을 잘라야 합니까? 아니, 내가 만든 회사가 인벤 길드에 속해 있는 것도 아니고 여기가 그쪽 하청업체도 아니고."

"하하하. 역시 재벌 2세라 그런지 세상 물정을 모르시는군요. 알아보니 사장님의 뒤에 천강이 있더라고요. 지금 천강을 믿고 이러시는 거면 곤란합니다. 천강도 저희에게는 꼼짝 못 하거든요."

남자는 영웅을 압박하기 위해 말을 꺼낸 것이지만 그 말은 영웅의 심기를 매우 불편하게 만들었다.

"크큭. 재밌네. 내 뒤에 천강이 있다고? 아닌데? 나는 나혼자 힘으로 이 일을 시작한 거야. 그래, 어디 한번 해 봐. 겁 안 나니까."

"결국 쉬운 길을 두고 어려운 길을 선택하셨군요. 알겠습니다. 훗날 다시 뵙는 날에는 이렇게 동등한 위치에서 하는 대화가 아닐 것이니 명심하십시오."

"푸훗! 그래. 훗날 네놈이 내 발밑에 엎드려서 잘못했다고 빌고 있겠지. 잘 아네."

영웅의 말에 남자는 표정을 굳히고 벌떡 일어나 성큼성큼 문을 향해 걸어갔다.

그리고 문을 열면서 마지막으로 한마디를 했다.

"生意気な朝鮮人. すぐに私の足を舐めて謝ることになるだろう.(건방진 조센징. 곧 내 발을 핥으며 빌게 될 것이다.)"

딸깍- 쾅-!

그렇게 말한 남자는 문을 벌컥 열고 세게 닫고 나가 버렸다.

물론 영웅은 남자가 한 말을 모두 알아들었다.

전 세계 모든 언어를 다 알아듣는 능력을 지닌 영웅이었으니까.

"누가 그럴지 두고 보면 알겠지. 그나저나 인벤 길드라……. 말하는 모양새가 영 마음에 안 드네. 오래간만에 맘껏 괴롭힐 놈들이 생겨서 기분이 좋은데. 뭐 하는 놈들인지 자세히 알아볼까?"

영웅은 즐겁다는 표정으로 남자가 나간 문을 바라보며 웃었다.

연준혁은 갑자기 나타나 인벤 길드에 대해 말해 달라는 영웅을 바라보며 어리둥절한 표정을 지었다.

"인벤 길드요? 갑자기 그들은 왜?"

"자기들 말로는 무슨 짐꾼들 세상에서 톱 길드라는데, 맞아?"

"네, 맞습니다. 그들이 그쪽을 대부분 먹었다고 보시면 됩니다. 무슨 일이 있으셨습니까?"

"응, 그놈들이 사무실로 쳐들어와서 협박하고 가더라고."

영웅의 말에 연준혁의 표정이 굳으며 몸에서 살기가 넘실거리기 시작했다.

"어떤 새끼입니까? 제가 지금 당장 가서 뒤집어 버리고 올까요?"

연준혁의 말에 영웅이 고개를 저으며 말했다.

"아니, 지금 내 즐거움을 빼앗아 가겠다는 거야? 오래간만에 괴롭힐 놈들이 생겨서 지금 기분이 좋은데."

영웅의 말에 연준혁의 몸에서 넘실거리던 살기가 순식간에 가라앉으며 멍한 표정으로 영웅을 바라보았다.

"네? 괴롭혀요?"

"크크크. 응. 예전엔 이렇게 시비 거는 놈들이 많았는데, 요즘은 통 없어서 심심했거든. 체계적으로 괴롭히려면 그놈들에 대해서 알아야 할 거 아냐. 그래서 널 찾아왔지."

이렇게 말하니 누가 악당인지 헷갈리기 시작한 연준혁이었다.

거기에 그들을 괴롭힐 사람이 바로 영웅이었다.

분노했던 마음이 안쓰러운 마음으로 바뀌는 것은 순식간이었다.

'쯧쯧, 건드릴 사람이 없어서…….'

지구에서 가장 강력한 세력을 지녔으며 세상의 모든 각성자들이 덤벼도 이길 수 없는 신의 능력을 지닌 남자.

그가 바로 자신이 모시는 주군, 영웅이었다.

연준혁은 마음속으로 인벤 길드에 조의를 표하고, 그들에 대해 상세하게 설명하기 시작했다.

연준혁은 제일 먼저 짐꾼계의 유명한 길드와 회사에 관해 설명해 주었다.

"일단, 전 세계적으로 유명한 짐꾼 길드가 세 곳이 있습니다. 인벤 길드, 아마존 길드, 페덱 익스프레스. 이렇게 세 곳이 대부분의 웜홀 속 세상을 장악하고 있습니다."

"가만, 그러면 웜홀이 전부 이어져 있다는 소리인가?"

"그렇습니다. 웜홀마다 등급이 나누어져 있고 색상이 다르다는 것은 알고 계시니 넘어가겠습니다. 세상에 존재하는 모든 웜홀은 그 색상끼리 서로 연결되어 있습니다. 웜홀 위에 숫자가 적혀 있는 것을 보셨죠?"

연준혁의 말에 영웅이 고개를 끄덕였다.

"그 숫자가 같은 웜홀끼리는 연결되어 있다는 뜻입니다. 가령, 미국에 존재하는 주황색 웜홀 위에 숫자 3이 적혀 있고 한국에 존재하는 주황색 웜홀에도 같은 숫자가 적혀 있다면 두 웜홀은 서로 연결되어 있는 것입니다. 들어가는 입구만 다를 뿐이지요. 덕분에 웜홀 안에선 전 세계 모든 헌터들을 만날 수 있습니다."

"호오."

"다만, 암묵적으로 입구 쪽 구역은 웜홀이 생성되었을 때 그곳을 선점한 길드나 회사의 소유로 인정해 주고 있습니다. 그래서 새로운 웜홀이 생성되면 서로가 앞다투어 그것을 얻으려고 하는 것입니다."

"아, 그래서 대격변이 일어났을 때 그 난리를 피운 것이군. 그리고 짐꾼 길드가 다국적으로 운용되고, 그 웜홀 속에 영역을 각자 차지하고 있다는 말이구나."

"그렇습니다. 그중에서 인벤 길드가 현재 가장 강한 길드입니다. 현재, 한국 헌터들이 활동하는 대부분 영역은 인벤 길드가 맡고 있다고 보시면 됩니다."

"아니, 그런데 왜 유독 한국인들만 미워하는 거야? 거기 주인이 뭐 일본인이라도 되나?"

"어? 맞습니다. 일본인입니다."

"뭐야, 그냥 한국인이라서 싫은 거였어?"

"현재로서는 그게 가장 큰 이유가 아닐까요?"

"하여튼 쪼잔한 놈들. 아니, 그럼 다른 길드가 운영하는 곳에서 활동하면 되잖아."

"그쪽은 인종차별이 심합니다. 여기나 거기나 당하는 것은 매한가지입니다. 힘없는 설움이 존재했죠."

"아니, 지금은 레전드 등급이 둘이나 있는 국가인데 왜 그래?"

"아! 지금은 그런 일이 없어졌죠. 다만, 일본은 아직 인정하지 않는 상태라 오히려 전보다 더 괴롭힘이 심해진 것 같습니다."

"미친놈들이 진짜. 그걸 그냥 놔둬?"

"그게 짐꾼들 영역은 터치하지 않는 것이 헌터들의 불문율이라……."

연준혁의 말에 영웅이 낮은 목소리로 말했다.

"기껏 레전드 등급을 만들어 줬더니 그딴 말을 하는 거야?"

영웅의 심기 불편한 목소리에 연준혁이 재빨리 고개를 숙이며 용서를 빌었다.

"죄, 죄송합니다! 주군! 지, 지금 당장이라도 들어가서 정리하겠습니다!"

연준혁의 말에 영웅은 그런 모습을 잠시 바라보다가 한숨을 쉬고 고개를 푹 숙이며 이해한다는 말투로 말했다.

"됐다, 됐어. 생각해 보니 네가 들어가서 정리한다고 난리를 치는 것도 보기 좋지 않을 것 같네. 힘이 생겼다고 난리를 치는 모양으로밖에 더 보이겠어? 오히려 일본 놈들이 신나서 이간질하겠지."

연준혁이 변명으로 들릴까 봐 하지 못했던 말을 대신 영웅이 해 주고 있었다.

그 말을 들은 연준혁의 얼굴이 빨개지자 영웅은 자신이 말한 게 사실이라는 것을 느꼈다.

"하아, 다시 생각해 보니 너도 너만의 사정이 있었겠지. 너무 쉽게 생각해서 미안하다."

"아, 아닙니다! 주군! 제가 부족한 탓입니다!"

"됐다. 내가 기회를 엿봐서 한번 뒤집어엎고 나오면 되지."

"네?"

"압도적인 힘을 보여 줘야 저놈들이 함부로 나서지 못하는 거야. 보여 주지, 압도적인 힘이 무엇인지."

영웅의 말에 연준혁은 속으로 생각했다.

'충분히 봤는데요……. 압도적인 힘…….'

생각해 보니 그동안 자신에게 보여 줬던 그 힘이라면 저들에게 펼쳐질 세상은 지옥일 것이다.

레전드급 각성자 네 명이 동시에 덤벼도 상처 하나 입지 않는 저 말도 안 되는 육체와, 네 명의 레전드 각성자를 한

방에 제압하는 힘까지.

그뿐인가?

한 번 본 기술은 그 자리에서 곧바로 습득해 버리는 사기적인 능력과 기상천외한 신기한 기술들까지 그야말로 완벽했다.

연준혁이 봤을 때, 영웅은 인간이 아니었다. 무신 그 자체였다.

'인간이 아무리 발버둥을 쳐도 신은 이길 수 없지. 암.'

연준혁은 자신도 모르게 입가에 미소를 지었다.

그동안 세계열강 놈들에게 당했던 설움을 그대로 돌려줄 생각을 하니 자기도 모르게 미소가 흘러나온 것이다.

그런 연준혁의 모습을 본 영웅도 피식 웃고는 말했다.

"그러면 기업들은? 대기업들도 안에 들어가서 활동을 하니 자체적으로 짐꾼을 운영할 거 아냐."

"대기업들 역시 예외는 아닙니다. 짐꾼 길드가 선점한 구역에서 사냥한다면 그들에게 일정한 금액을 지급해야 합니다. 보통 대기업들은 자신들의 사냥터를 따로 만들어 둡니다. 그래서 대격변이 일어나면 전 세계 대기업들과 짐꾼 길드들이 앞다투어 협회를 찾아오지요. 가장 좋은 자리를 선점하려고요."

"아니 짐꾼들은 약하다며. 그런데 어떻게 좋은 자리를 선점해?"

"삼대짐꾼길드는 말이 짐꾼 길드지, 대기업이나 다름없습니다. 그곳에 속해 있는 각성자들의 무력은 어지간한 나라를 압살할 정도로 강합니다. 그러니 선점하는 거야 어렵지 않지요. 이게 다른 대기업이나 헌터들이 함부로 그들에게 따지지 못하는 이유도 되고요. 거기에 인벤 길드 뒤엔 일본이 있습니다. 국가적으로 그들을 지원해 주기에 더더욱 건들기 쉽지 않은 것이지요."

일본은 레전드 등급이 존재하지 않는다.

그렇다고 약한 나라라는 소리는 아니었다.

일본에는 레전드 등급이 존재하지 않는 대신 프리레전드가 다른 나라에 비해 월등히 많았다.

프리레전드는 고사하고 SSS급도 보유하고 있지 못한 나라들이 수두룩한 세상이었다.

영웅이 이곳에 와서 연준혁과 독고영재를 레전드 등급으로 올려 주기 전까지 레전드 등급은 전 세계에 단 세 명이었다.

그 세 명을 보유한 국가는 원래 영웅이 있던 세상으로 따지면 핵보유국이나 다름없었다.

그랬기에 그냥 상징적인 의미였고, 실질적으로 국가의 강함의 척도를 계산하는 데는 SSS급과 프리레전드급을 중심으로 계산했다.

당연히 한국에는 프리레전드가 존재하지 않았다.

독고영재가 그 비슷한 무위를 지니고 있었지만, 공식적인 것이 아니었으니 계산에 들어가지 않았다.

일본은 그런 프리레전드를 무려 열 명이나 보유하고 있는 나라였다.

레전드 등급만 없을 뿐이지 미국 다음으로 많은 프리레전드를 보유한 나라였다.

그런 나라에서 지원해 주는 짐꾼 길드였으니 얼마나 강하고 기세가 등등할 것인가.

아마 모르긴 몰라도 온갖 패악은 다 저지르고 다닐 것이다.

그런 생각을 하니 지금 웜홀 속에서 일하고 있는 자신의 직원들이 걱정되는 영웅이었다.

"안 되겠어. 직원들이 일하는 현장으로 가 보자."

"네!"

"아니, 그게 무슨 말씀입니까? 갑자기 금액을 그렇게 올리다니요!"

"아, 길드 방침이 그렇게 바뀌었다고 몇 번을 말해! 그 돈을 지급하든지 아니면 꺼지든지! 아니면 길드 본사 가서 따지라고! 그리고 너희 아니어도 하겠다는 곳은 넘치니까 하기 싫으면 말아!"

인벤 길드의 담당자가 영웅익스프레스 직원들을 벌레 보듯이 바라보며 말하고 있었다.

영웅익스프레스 직원들은 분했지만, 감정적으로 해결해선 안 된다는 것을 누구보다 잘 알기에 일단 한발 물러서기로 했다.

"새, 생각해 보고 다시 오겠소."

"크큭. 잘 생각해 봐."

담당자는 여전히 비웃는 표정으로 영웅익스프레스 직원들을 바라보다가 냉정하게 돌아서서 자신의 사무실로 들어가 버렸다.

밖에 남은 영웅익스프레스 직원들은 망연자실한 표정으로 사무실을 바라보며 중얼거렸다.

"개XX들. 해도 해도 너무하네! 진짜."

"하아, 오늘도 허탕인가? 다른 길드가 운영하는 곳으로 가 볼까?"

"다른 곳도 마찬가지야. 다들 우리를 피하는 눈치야."

"갑자기 왜? 이유를 모르겠네. 아니, 그동안은 잘만 받아 줬잖아."

"의뢰는 많이 들어오는데……. 저들이 우리를 받아 주질 않으니 일을 할 수가 없네……."

"정말 그림 속의 떡이다, 떡이야. 일이 홍수처럼 밀려오면 뭐 하나. 정작 현장에를 들어가지 못하니 일을 할 수가 없잖아."

"이게 계속 지속되면 신뢰도가 엄청나게 하락해서 일도 들어오지 않을 텐데."

"다시 일용직 짐꾼으로 돌아가야 하나?"

다들 한숨을 쉬며 이해를 못 하겠다는 표정으로 다른 곳을 향해 이동하기 시작했다.

하지만 두 사람만은 이유를 알겠다는 표정으로 움직임도 없이 서 있었다.

"우리 때문이야……. 아카시 그놈이 우리가 여기에 있는 것을 알고 있어."

"개XX! 남의 여자를 탐내는 것도 모자라 이런 더러운 짓까지 하다니! 그러지 말고 협회에 가서 하소연해 볼까? 이제 우리 한국도 레전드 등급을 보유한 강국이라고."

"아니야. 겨우 우리 같은 짐꾼들 때문에 그들이 움직이지는 않을 거야. 그들은 철저하게 이익으로 움직이는 집단이니까."

"하아, 레전드 등급이 둘이나 나와서 이제 좀 편해지나 했더니……. 변한 게 없구나."

"그렇지……. 하아, 우리를 받아 주신 사장님을 뵐 면목이 없다……."

"우리가 나가자. 은혜를 입었는데……. 계속 폐를 끼칠 수는 없어."

"네 말이 맞다. 우리가 나가면 해결될 일이야."

둘은 서로를 바라보며 고개를 끄덕이고는 몸을 돌려 웜홀 밖으로 나가는 통로가 있는 방향으로 걸어가려 했다.

"누구 맘대로 나간다는 겁니까?"

그때 어디선가 들려오는 목소리에 고개를 두리번거렸고 그들의 눈에 영웅이 보였다.

"사, 사장님!"

영웅의 등장에 둘은 어리둥절한 표정으로 그를 바라보다가 재빨리 달려가 말했다.

"오, 오셨습니까?"

"인사는 됐고……. 나간다니, 그게 무슨 말입니까?"

영웅의 질문에 두 사람은 고개를 푹 숙인 채 입을 열었다.

"모든 길드가 우리 회사를 멀리하기 시작했습니다. 다 저희 때문입니다. 저희를 내치셔야 회사가 삽니다."

"맞습니다. 은혜를 갚지는 못할망정 손해를 끼칠 수는 없습니다. 저희가 나가겠습니다. 저희만 사라지면 저들도 더는 사장님께 해를 끼치지 않을 것입니다."

"나가면? 어디 갈 데는 있고요?"

"산 입에 거미줄 치겠습니까? 뭐라도 하면 되겠죠."

"맞습니다."

그러자 영웅이 굳은 표정으로 둘을 바라보며 말했다.

"나는 단 한 번도 내 사람을 포기한 적이 없습니다. 이건 두 사람에게도 해당하는 말입니다."

"사, 사장님! 지금 상황이 얼마나 심각한지 모르셔서 하는 말씀입니다."

"이 친구 말을 들으십시오. 저희를 품고 계시면 저놈들이 사장님께도 해를 끼칠 겁니다."

둘은 정말로 영웅을 걱정하는 표정으로 말했다.

"이미 다녀갔습니다. 두 분을 내보내라고 하더군요. 물론, 꺼지라고 말해 줬지만."

"사, 사장님……."

두 사람은 울컥했다.

지금까지 살면서 이렇게까지 자신들을 위해 나서 주는 사람이 있었던가?

목이 메어 말문이 막힌 두 사람에게 영웅은 미소를 지으며 말했다.

"너무 걱정하지 마세요. 모든 것이 다 잘될 테니. 제가 이래 봬도 능력이 좀 되거든요."

그러면서 한쪽 눈을 찡긋거리고는 인벤 길드 사무실이 있는 방향으로 몸을 돌려 걸어가기 시작했다.

두 사람은 잠시 멍한 표정으로 서 있다가 영웅이 인벤 길드 사무실로 향하는 것을 발견하고는 다급하게 달려가 영웅의 앞을 막았다.

"사, 사장님! 어, 어디 가시는 겁니까?"

"저기요. 인벤 길드 사무실."

"무, 무슨 일로 가시는지 여쭤봐도 될까요?"

"무슨 일은. 내 사람들 무시하고 괄시했으니 따지러 가지요."

"네에? 아, 안 됩니다! 저기 사무실을 지키는 사람들은 말이 짐꾼이지 S급 각성자들입니다!"

"그, 그들은 한국인에게는 인정사정을 봐주지 않습니다. 그, 그러니 그, 그냥 돌아가십시오. 괘, 괜히 들어갔다가 사장님 몸만 상하십니다."

"한국인들에게만 유독 그래요? 나쁜 놈들이네? 그럼 더더욱 가서 따져야지요. 왜 한국인들에게만 그러냐고."

두 사람은 답답했다.

겨우 C등급인 사장이 가서 무엇을 한단 말인가.

그곳에 있는 S급 각성자가 뺨 한 대만 쳐도 사장은 저세상 사람이 될 것이다.

두 사람에게 영웅은 아직 세상 물정을 모르는 사람으로 보였다.

어떻게든 말리기 위해 영웅의 팔과 다리를 붙잡고 놔주지 않았다.

이대로 보냈다가 정말로 송장을 치를 수도 있었다.

물론 죽이지는 않겠지만, 죽는 거나 다름없는 상태로 만들 수도 있었다. 저들은 충분히 그러고도 남을 놈들이었다.

"이것 좀 놔 보세요. 갈 수가 없잖아요."

"아, 안 됩니다! 사장님!"

이렇게 옥신각신하고 있을 때 인벤 길드 사무실에서 사람들이 나왔다.

"뭔데 이렇게 시끄러워?"

"남의 사무실 앞에서 지금 이게 뭐 하는 짓이야?"

한눈에 봐도 엄청난 덩치에 강할 것 같은 포스를 풍기는 남자들이 나와서 영웅과 두 사람을 압박했다.

그 모습에 영웅을 말리던 두 사람의 얼굴은 사색이 되었다.

'늦었다……. 이, 일단 사, 사장님을 먼저 이곳에서 피신시키고…….'

"어? 알아서들 나왔네. 그쪽이 이곳 책임자입니까?"

영웅은 밖으로 나온 두 덩치에게 말을 걸었다.

그러자 두 덩치는 인상을 찡그리며 말했다.

"뭐야? 조센징 놈들이었어? 꺼져!"

"조센징? 조선인이라는 말인데 왜 이렇게 기분이 더럽지? 응? 쪽발이들아? 아씨, 일본에서 가장 심한 욕이 뭐지? 빠가? 염병하고, 언어가 원숭이만큼 단순하니 욕도 더럽게 단순한 것밖에 없네."

영웅의 말에 말리던 두 사람의 표정이 경악으로 물들었다.

이제 모든 것이 끝났다.

저들은 절대로 영웅을 가만두지 않을 것이다.

아니나 다를까, 두 덩치는 영웅의 말에 발끈했는지 화난 얼굴로 성큼성큼 영웅을 향해 걸어왔다.

"이 조센징이 뭐라고 지껄이는 거야? 죽고 싶다면 그렇게 해 주지."

두 덩치가 위협적인 모습으로 다가오자, 영웅의 곁에 있던 두 사람은 결연한 표정으로 덩치들을 막기 위해 몸을 날리려 했다.

그 순간 북이 터져 나가는 소리가 들려왔다.

퍼퍽-!

"커헉!"

"크흑!"

털썩-!

두 덩치가 자신들의 배를 붙잡고 고통스러운 표정으로 바닥에 무릎을 꿇은 것이다.

그리고 들려오는 목소리.

"내가 아무리 착해도 조센징 소리를 두 번이나 듣고 참을 거라고 생각하면 큰 오산이지. 그나저나 나 정말로 많이 착해졌네. 예전 같았으면 다리뼈를 아작 내고 시작했을 텐데."

"이, 이 조, 조센징 놈이!"

"우리가 누군 줄 알고!"

빠각- 뿌가각-!

"끄아아아악!"

뼈가 박살이 나는 소리와 함께 듣기만 해도 소름이 돋는 비명이 그곳을 가득 채웠다.

"멍청한 거야? 모자란 거야? 내가 분명히 말했는데. 조센징이라는 말이 기분 나쁘다고 말이야."

영웅이 중얼거리면서 자신의 눈앞에 있는 덩치 둘의 다리뼈를 아작 냈다.

뼈가 박살이 나는 고통에 지른 비명은 인벤 길드 출장 사무실 안에 있던 사람들을 우르르 몰려나오게 만들었다.

"뭐야? 습격인가?"

"무슨 일이야?"

AA급 각성자 두 명이 기이하게 꺾인 다리를 붙잡고 고통스러워하고 있었다.

그리고 그것을 미소 지으며 바라보는 이상한 남자와 벌벌 떠는 두 남자, 그리고 몇 걸음 뒤에서 이 장면을 지켜보는 남자까지.

"이게 무슨 소란입니까?"

사람들 사이로 이곳 출장 사무실을 담당하는 담당자가 나타났다.

그의 눈에도 바닥에 쓰러진 채 고통스러워하는 자기 길드 사람이 보였다.

눈을 들어 옆을 보니 조금 전에 자신이 내쫓은 사람들이 보였다.

"이거 참. 우리 길드가 얼마나 우스워 보였으면…… 복수라도 하러 온 것입니까?"

담당자가 두 사람을 바라보며 물었고 대답은 전혀 다른 사람 입에서 나왔다.

"아니, 대화하러 왔는데 시비를 걸더라고. 그래서 나도 똑같이 해 준 건데?"

영웅의 말에 담당자가 고개를 돌려 그를 바라보며 말했다.

"당신은 누구십니까?"

"나? 이 사람들 사장. 너는 누군데?"

"저는 이곳 출장 사무실을 맡고 있는 마사오라고 합니다. 그쪽이 사장이면 영웅익스프레스?"

마사오의 말에 영웅이 고개를 끄덕였다.

"잘 아네."

"하하하. 지금 당신이 무슨 짓을 한 건지 알고는 계신 겁니까?"

"잘 알지. 시비 건 놈들 참교육 중인데?"

"하하하. 재미난 분이시군요. 그 입에서 나오는 비명은 어떨지 듣고 싶군요."

마사오의 말에 그의 뒤에 서 있던 각성자들이 움직이기 시작했다.

그러자 영웅이 양손을 앞으로 뻗으며 외쳤다.

"잠깐! 잠깐!"

"뭡니까?"

"기회를 주려고 그러지. 자, 선택해. 1번, 대화를 한다. 2번, 지금 하던 것을 그대로 진행하고 나와 적이 된다. 선택해. 참고로 나와 적이 되면 상상을 초월하는 결과를 보게 될 거야."

"하하하하하하!"

영웅의 말에 마사오가 크게 웃음을 터트렸다.

눈물까지 흘리며 무엇이 그리 웃긴지 껄껄거리며 웃고 있었다.

"정말로 재미난 분이시군요. 저자의 얼굴을 건들지 마세요. 움직이지 못하게 사지를 아작 내서 저한테 데려오세요. 곁에 두고 평생 가지고 놀아야겠습니다."

마사오의 말에 각성자들이 다시 움직이기 시작했다.

그 모습에 영웅이 미소를 지으며 말했다.

"1번은 선택 안 할 거 같긴 했어. 그래도 내가 경고까지 해주었는데 가뿐하게 무시하고 오니 기분이 나쁘네. 좋아! 기분이다. 너희에게는 종합 선물 세트로 대접해 주지."

영웅의 말에 다들 피식거리며 비웃고 있을 때 오직 한 사람만이 안쓰러운 표정으로 그들을 바라보고 있었다.

영웅의 뒤에서 마스크를 낀 채 묵묵히 바라보고 있는 연준혁이었다.

연준혁은 절대로 나서지 말고 뒤에 가만히 있으라는 영웅의 명에 조용히 그를 따라다니기만 하고 있었다.

몇 번 욱해서 뛰쳐나갈 뻔했지만, 초인적인 힘으로 견뎌 냈다.

'불쌍한 놈들, 곧 알게 되겠지. 자신들이 얼마나 후회되는 선택을 했는지.'

뿌가가각- 빠각- 쩌적-!

생각이 마무리될 때쯤 섬뜩한 소리와 함께 영웅의 참교육이 시작되었다.

인벤 길드의 각성자들은 영웅을 죽일 기세로 달려들었다. 영웅은 그런 그들의 공격을 가볍게 막아 내며 뼈를 박살 내기 시작했다.

"간만이네. 이렇게 맘껏 뼈를 박살 내 보는 것은."

입가에 미소를 지으며 즐거운 장난이라도 치듯 적들의 뼈를 아작 내고 있는 영웅이었다.

우지직- 빠자작-!

"끄아아아악!"

"아아아아악!"

"끼에에에엑!"

"그마아아안!"

사방에서 인간이 낼 수 있는 최대한의 비명이 터져 나왔다.

소리만 들어도 온몸에 소름이 쫙 돋을 정도였다.

순간적으로 달려들던 다른 각성자들이 멈칫거릴 정도였다.

"이익! 저 모습에 현혹되지 마라! 우리도 남을 협박할 때 자주 사용하던 거다!"

"죽어!"

잠시 주춤했던 각성자들이 다시 정신을 차리고 영웅에게 공격을 가했다.

영웅은 그런 공격을 가뿐히 피해 가며 자신을 공격한 각성자들의 뼈를 친절하게 박살 내 주었다.

우드득—!

"끄아아악!"

영웅의 손이 지나간 몸은 여지없이 기이한 형태로 꺾여 있었고, 각성자들의 입에선 끔찍한 비명이 흘러나왔다.

그리고 이 끔찍한 참상은 인벤 길드에 방문한 수많은 짐꾼도 같이 지켜보고 있었다.

사람들이 지켜보거나 말거나 영웅은 자신의 할 일을 하고 있었다.

이곳에 오면서 자신의 정체를 더는 숨기지 않기로 마음을 먹었기 때문이었다.

　그때 영웅의 귀에 전음이 들려왔다.

　─주군에 대한 신상이 퍼지는 것은 소신이 최대한 막을 테니 신경 쓰지 마시고 하시던 일을 계속하시면 됩니다.

　연준혁의 말에 영웅이 미소를 지었다.

　굳이 그러지 않아도 되는데 해 준다면 말리진 않는 영웅이었다.

　연준혁은 전음을 보낸 뒤 즉시 움직였다.

　그 모습에 영웅은 사람들의 시선에 대한 신경을 끄고 본격적으로 움직이기 시작했다.

　"이놈! 우리 인벤 길드를 지금 적으로 돌리겠다는 것이냐?"

　"적으로 돌리겠다니? 지금 상황이 장난치는 것으로 보이나 봐? 우린 이미 적이야."

　우두둑─!

　손에 잡힌 각성자의 뼈를 박살 내며 즐거운 미소를 지은 채 말하는 영웅.

　그 모습에 마사오의 동공이 세차게 흔들렸다.

　악마라는 것이 실존한다면 저런 모습일까?

　사람이 사람의 뼈를 박살 내면서 저렇게 행복하게 웃을 수 있단 말인가?

마사오는 온몸에 소름이 끼치는 것을 느꼈다.

'기분 나쁜 놈이다. 거기에 길드의 S급 각성자들 허수아비 다루듯이 다루고 있어. 내, 내가 어찌할 수 있는 자가 아니다. 기, 길드장에게 소, 소식을 전해야 해!'

영웅에게 박살이 나고 있는 자들은 인벤 길드에 속해 있는 S급 각성자들이었다.

S급 각성자들이 손 한번 못 쓰고 단 한 명에게 박살이 나고 있었다.

"어라? 다 쓰러져 버렸네?"

마사오가 잠시 정신을 판 사이에 영웅이 자신에게 덤비는 각성자들을 모조리 때려눕히고 마사오를 바라보며 중얼거렸다.

"헐, 나는 아직 만족을 못 했는데……. 네 비명은 어떠려나?"

영웅이 한쪽 입꼬리를 말아 올리며 마사오를 향해 천천히 걸어가기 시작했다.

그 모습에 마사오는 자신도 모르게 뒷걸음질을 치면서 주변을 둘러보았다.

자신을 도울 수 있는 자가 없음을 확인하고는 재빨리 등을 돌려 도망을 치기 시작했다.

피융-!

퍽-!

"커헉!"

틸썩-!

그 찰나 파공음이 들려왔고, 동시에 다리에 극심한 고통이 느껴지기 시작했다.

마치 누군가가 자신의 다리를 후려친 듯한 고통에 바닥에 그대로 주저앉아 버렸다.

고개를 돌려 고통이 느껴진 다리를 바라보니 다리에 구멍이 크게 뚫린 채 피가 철철 흘러나오고 있었다.

"으윽!"

쫘아악-!

마사오는 재빨리 옷을 찢어 다리를 묶어 지혈하며 이를 악물었다.

상황을 보니 자신은 이곳을 무사히 빠져나갈 수가 없을 것 같았다.

'여기서 죽는 건가?'

사람의 몸을 아무렇지도 않게 가지고 노는 괴물이다.

분명히 아무렇지도 않은 표정으로 자신을 죽이고 즐거워할 것이 분명했다.

'어디서 저런 괴물이 나온 거지? 아무리 생각해도 저런 자가 존재한다는 정보는 본 적도 들은 적도 없다.'

어차피 죽을 것이니 비굴하게 죽지 않겠다고 다짐하고는 영웅을 있는 힘껏 노려보았다.

"눈에 힘이 들어간 것 보니 아직 버틸 만한가 보네?"

영웅의 말에 마사오가 이를 악물고 말했다.

"네놈이 나를 어찌하기 전에 내가 먼저 자결하겠다. 결코, 네놈의 노리개가 되진 않을 것이다!"

"오! 남자네. 해 봐."

"뭐?"

"해 보라고, 자결."

"이익! 내, 내가 못 할 것 같으냐!"

"말이 많은 거 보니 못 할 것 같은데?"

영웅의 깐죽거림에 마사오는 인내심의 끈이 끊어지는 것을 느꼈다.

"오냐! 내 죽어서도 너를 저주하고 원망할 테다!"

그리 말하고는 품속에서 칼을 꺼내 자신의 복부에 찔러 넣는 마사오였다.

"크흑! 자, 잘 봐라……. 이제 너……는 우리 길드의 주적이 되었다……. 너는…… 큰 실수를 한 것이다……. 나, 나 역시 귀, 귀신이 되어서라도……. 네놈을…… 괴롭힐 것이다……."

입에서 피를 흘려 가며 서서히 죽어 가던 마사오는 눈을 감기 일보 직전까지 한이 담긴 목소리로 저주를 퍼부었다.

그렇게 정신을 놓으려는 그때, 귀에 선명하게 영웅의 목소리가 들려왔다.

"리스토어."

화악—!

그 소리와 함께 몸이 개운해짐을 느낀 마사오는 이상함을 느끼고 눈을 떴다.

조금 전까지 분명히 죽어 가고 있었는데 지금은 푹 자고 일어난 것처럼 몸에 활기가 넘쳐흐르고 있었다.

"이, 이게 무슨?"

마사오는 자신의 복부를 바라보았다.

옷은 마르지 않은 피로 축축했다.

바닥에는 자신이 분명히 찔러 넣었던 칼이 떨어져 있었지만, 칼을 찔러 넣었던 복부는 언제 찔렸었냐는 듯이 깨끗한 피부가 자리하고 있었다.

마사오는 꿈인지 생시인지 분간이 안 되는지 멍한 얼굴로 복부를 바라보며 중얼거렸다.

"죽은 건가?"

그래야 말이 되었다.

자신이 죽어 영혼이 되었기에 이렇게 멀쩡한 모습인 것이라고 생각했다.

그때 뺨에서 강한 충격이 느껴졌다.

짝—!

"컥!"

갑작스러운 고통에 너무 놀라 뺨을 손으로 감싸고 앞을 바라보았다.

"이제 좀 정신이 드냐? 어리둥절해하는 것 같아서 정신 차리라고 한 대 때렸어."

"서, 설마……. 당신이?"

"신기하지?"

그렇게 말하고는 바닥에 칼을 주워 마사오에게 던졌다.

땡그랑-!

"못 믿겠으면 다시 찔러 보든가."

영웅의 말에 마사오가 믿을 수 없다는 표정으로 그와 바닥의 칼을 번갈아 바라보았다.

그리고 믿을 수 없다는 표정을 지으며 떨리는 목소리로 말했다.

"나, 나는 부, 분명히 죽어 가고 있었는데? 그, 그걸 살려 냈다고? 이, 이렇게 상처까지 회복시키고? 그, 그 짧은 시간에? 설마! 아까 느꼈던 상쾌한 기분이…….."

자신이 느꼈던 상쾌함은 긴 시간이 아니었다.

정말 찰나의 시간이었다.

그 시간은 자신이 아는 상식선에서는 절대로 몸이 치유될 수 있는 시간이 아니었다.

마사오는 말도 안 된다는 표정으로 영웅을 바라보았다.

강한 것도 강한 것인데 능력까지 사기였다.

치유계 각성자는 흔하지 않았다.

그런데 눈앞의 남자는 그 귀한 치유계의 능력뿐 아니라 S급인 자신을 가지고 놀 정도의 무력도 지니고 있었다.

보통 치유계 각성자의 무력은 형편없는 수준이었고 또 싸움 자체도 싫어했다.

"아직도 안 믿기나 보네."

뿌득—!

멍한 얼굴로 영웅을 바라보고 있는 그때, 손에서 지독한 통증이 느껴졌다.

"크흑!"

우두둑—!

"끄으윽!"

영웅이 마사오의 손과 발의 뼈를 그 자리에서 부러뜨린 것이다.

"보통은 잘 안 믿더라고. 다들 그랬어. 다들 너처럼 그런 표정을 짓더군."

우두둑—!

말을 하면서 계속 마사오의 몸 곳곳을 건드리는 영웅. 그 손길이 지나간 곳에서는 섬뜩한 소리가 들려왔다.

"그런데 이렇게 내가 잘 만져 주고 나면 다들 이해력이 빨라지더라고. 너도 그래야 할 텐데. 나는 사람이 참 착해서 이해할 때까지 계속 만져 주거든."

"끄으으윽!"

마사오는 제발 그만하라고 외치고 싶었지만, 말이 입 밖으로 나오지 않았다.

극한의 고통에 저절로 입을 악다물어졌기 때문이었다.

"끄르르륵!"

털썩-!

그러다가 흰자가 보이게 눈을 뒤집고 기절해 버린 마사오였다.

"흠, 보자, 3분 정도 버텼네? 뭐지? 이렇게 빨리 기절한다고?"

영웅은 기절한 마사오를 유심히 살폈다.

"내 손길을 무마하려고 기절한 척하는 건 아니고……. 내 능력이 더 발전했나 보군."

일취월장한 자신의 능력에 만족스러운 미소를 지으며 마사오를 다시 원상태로 돌려놓는 영웅이었다.

마사오는 다시 정신을 차렸고 아까와 똑같이 고개를 두리번거렸다.

"어? 아직도 이해가 덜 되었네. 어쩔 수 없지. 한 번 더 수고해야지."

영웅의 말에 마사오가 벼락을 맞은 표정으로 재빨리 뭐라 외치려 했지만 늦었다.

우두둑-!

정신을 잃기 전 들었던 그 소름 끼치는 소리와 함께, 익숙

하지만 익숙해질 수 없는 고통이 또다시 그의 몸을 덮쳤다.

그렇게 마사오는 또 한 번 영웅의 정성 어린 손길을 구석구석 받았다.

털썩―!

두 번째 기절.

"이번에도 3분이군. 내성이 생기거나 하는 건 아닌 건가? 몇 번 더 해 볼까?"

영웅의 중얼거림을 기절한 상태에서 들었는지 몸을 부르르 떠는 마사오였다.

그 모습에 영웅은 피식거리며 웃고는 마사오를 다시 원상태로 돌려놓았다.

그리고 이번에도 두리번거리면 바로 정성의 손길을 내밀려고 했다.

벌떡―!

그런데 이번은 반응이 달랐다.

마사오가 정신을 차리자마자 벌떡 일어나더니 영웅을 바라보았다.

그리고 눈에 보이지도 않는 속도로 영웅 앞에 엎드리더니 대성통곡을 하기 시작했다.

"엉엉엉! 그, 그만하십시오! 제발! 시키는 것은 뭐든지 할 테니……. 제발! 엉엉엉!"

그러고는 손발이 닳도록 싹싹 빌기 시작했다.

"제, 제가 잘못했습니다! 뭐든 다 제 잘못입니다. 인정합니다! 태어나서 죄송합니다! 용서해 주십시오!"

마사오가 어찌나 빠르게 손을 비비는지 손에서 연기가 나오는 것 같은 착각이 들 정도였다.

그 모습에 영웅이 정말로 아쉬운 표정으로 중얼거렸다.

"에이씨. 이번엔 이해력이 제대로 박힌 것 같네. 한 번만 더 두리번거리지……."

진한 아쉬움이 남은 것처럼 중얼거리는 소리를 들은 마사오는 온몸에 소름이 쫙 돋는 것을 느꼈다.

'아, 악마다! 이, 이자는 진정 악마다!'

자신이 지금까지 봐 왔던 그 어떤 인간보다 잔인하고 소름 끼치는 악당이었다.

자신도 착한 인간은 아니라고 생각했지만, 눈앞에 있는 영웅에 비하면 자신은 천사라고 생각하는 마사오였다.

자신은 적어도 사람을 장난감 다루듯이 다루지도 않았고 그 사람의 고통을 즐기지도 않았다.

물론, 고통을 주기 위해 고문을 가하거나 폭행을 한 적은 있지만 그렇다고 저렇게 변태처럼 즐기진 않았다.

"그런데 생각해 보니 열받네? 내가 일일이 다 물어봐야 하는 거야?"

영웅의 말에 마사오의 동공이 더욱더 세차게 흔들렸다.

'서, 설마? 아니지?'

마사오는 제발 자신의 생각이 틀리기를 하늘에 간절히 바랐다.

하지만 하늘은 그의 소망을 들어주지 않았다.

"알아서 내가 원하는 답을 딱딱 말해 줘야 할 거 아냐? 다시 생각해 보니 아직 이해가 덜 된 거 맞네."

말은 열받았다고 하지만, 입가에 그려진 미소를 보니 그게 아니었다.

저 악마의 손길에서 벗어나려면 지금까지 살아온 인생을 통틀어서 가장 활발하게 두뇌를 굴려야 했다.

천천히 아주 천천히 자신을 향해 걸어오는 영웅을 보며 마사오는 필사적으로 머리를 굴리고 또 굴렸다.

'제발! 뭐라도 좋으니 기억이 나라!'

그 순간 마사오의 머릿속에서 무언가가 떠올랐다.

이자는 영웅익스프레스의 사장이다.

인벤 길드 상부에선 영웅익스프레스에게 말도 안 되는 갑질을 펼치라는 명령이 내려왔다.

그 명령을 충실히 이행하는 중에 사장이 나타났다.

그렇다면 이자가 원하는 대답은 하나였다.

"저, 전부 상부에서 시킨 일입니다! 가, 갑질을 해서 영웅익스프레스에서 일하는 사람들이 모두 회사를 떠나도록 만들라고 했습니다!"

마사오가 크게 외치고 두 눈을 질끈 감았다.

제발 이것이 정답이기를 바라면서 말이다.

이번에는 하늘이 그의 소망을 들어준 것일까?

마사오의 귀로 희망의 목소리가 들려왔다.

"그래서?"

'요시! 이것이었어!'

마사오는 속으로 환호를 지르며 자신이 아는 모든 것을 줄줄이 말하기 시작했다.

한참 동안 그것을 듣던 영웅은 저 멀리 혼이 나간 얼굴로 이곳을 바라보고 있는 자신의 직원들을 가리키며 물었다.

"이건 내가 크게 인심을 써서 물어본다. 저기 저 두 사람 보이지?"

"가, 감사합니다. 네! 아, 아주 잘 보입니다!"

"저기 두 사람이 원래 인벤 길드 소속이었다던데⋯⋯. 혹시 알아?"

"네! 자, 잘 알고 있습니다!"

"그런데 왜 내쫓았어? 단지 한국인이라는 이유로?"

"아, 아닙니다! 저, 저들 중 키가 큰 남자의 여자를 저희기, 길드장이 마음에 두고 있었습니다. 저자에게서 그 여자를 빼앗기 위해 엄청난 노력을 했음에도 불구하고 여자가 저 남자를 선택하자 보, 복수하는 것입니다!"

"겨우 그런 이유로? 왜 여자가 그놈을 선택 안 했는지 잘 알겠네."

"저, 저도 그렇게 생각합니다."

"그렇게 쪼잔한 놈이면 대화도 안 통할 테고. 아까 누른 버튼으로 그놈이 올까? 아니면 밑에 놈들이 올까?"

"네?"

"왜 모른 척하고 그래. 조금 전에 몰래 비상 버튼 같은 거 누르는 거 다 봤는데."

영웅의 말에 마사오는 경악했다.

분명히 자신은 비상 버튼을 눌렀다. 문제는 그 비상 버튼은 사무실에 있다는 것이다.

그것도 밖에서는 절대로 볼 수 없는 위치에 말이다.

그런데 영웅은 그것을 봤다고 말하고 있었다.

"서, 설마 투, 투시도 하십니까?"

"잘 아네. 그래서 언제쯤 도착하냐고."

"그, 그게 고, 곧 올 겁니다. 이, 인벤 길드를 건드린 자들은 철저하게 복수하는 것이 저희 방침이니까 최고의 실력자들이 올 겁니다."

"너희 길드장은 등급이 뭐냐?"

"저, 저희 길드장은 SSS급입니다."

"그래? 에이 와 봐야 별것도 없겠네."

SSS급이라는 말에 흥미가 없다는 표정으로 말하자 마사오는 놀랐다.

'SSS급이라고 말했음에도 저런 표정을 짓는다는 것

은……. 최소 프리레전드급이라는 소리다! 프리레전드임에
도 세상에 알려지지 않았다고? 그게 가능한 일이야?'

마사오는 아무리 생각해도 믿을 수 없었다.

저런 힘을 가지고도 조용히 살았다는 게 이해가 되질 않았
다.

자신이었다면 사방팔방에 자랑하는 거로도 모자라, 그 힘
을 이용해 자신의 욕망을 채웠을 것이다.

'제길, 그렇다면 길드장이 와도 소용없다는 거잖아.'

마사오는 그나마 길드장에게 희망을 걸었는데 괴물의 반
응을 보니 그것도 튼 것 같았다.

마사오는 원래 자존심이 강한 남자였다.

죽으면 죽었지 비굴하게 살진 않았다.

그것은 인벤 길드의 길드장 앞에서도 마찬가지였었다.

그런 그의 모습 때문에 지금 이렇게 지부장의 자리까지 올
라올 수 있었다.

하지만 눈앞에 있는 괴물한테는 그것이 통하지 않았다.

자존심을 지키기 위해 자결을 해도 소용없었다.

죽고 싶어도 죽지 못하니 미치고 환장할 노릇이었고 거기
에 말도 안 나올 정도의 엄청난 고통은 덤이었다.

아니, 그 고통을 겪지 않기 위해서는 무엇이든지 할 각오
가 되어 있었다.

영웅과 길드를 사이에 두고 고민하던 마사오는 다시 한번

영웅의 중얼거림을 들었다.

"아, 생각해 보니 내가 얘네한테 종합 선물 세트로 괴롭혀 주겠다고 했는데……. 남은 것도 마저 해야 하나? 아니면 그냥 넘어가야 하나?"

그리 말하며 마사오를 내려다보는 영웅이었다.

그 눈빛에 마사오는 그만 바지에 오줌을 지리고 조금 전까지 인벤 길드와 영웅을 저울질하던 것도 그만두었다.

마사오는 영웅의 눈빛에서 느꼈다.

'이, 이자는 포, 폭군에 저, 절대자다. 프, 프리레전드 따위가 아니야. 그, 그보다 훨, 훨씬 더 위에……. 사, 상상도 못 할 정도로 아득히 높은 곳에 있는 자다.'

어버버하며 자신을 바라보는 마사오를 보고는 영웅은 입맛을 다시며 말했다.

"쩝! 됐다. 이 정도로도 충분한 것 같으니 넘어가지 뭐."

"가, 감사합니다!"

뭔지 모르지만 마사오의 입에서는 감사의 인사가 절로 튀어나왔다.

한편, 멀리서 이 모습을 지켜보던 영웅익스프레스의 직원 둘은 턱이 빠질 정도로 입을 크게 벌린 채 멍한 눈으로 바라보고 있었다.

자신들을 거두어 준 사장은 평범한 인간이 아니었다.

한참을 멍하니 바라보다가 무언가가 떠올랐는지 한 명이

떨리는 목소리로 말했다.

"가, 가만······. 우리 사장님······. C등급이라고 하지 않았어?"

"나, 나도 그렇게 들었어."

"말도 안 돼. 저게 무슨 C등급이야? 레전드 등급도 씹어 먹겠네."

"저기 지부장······. S급이야. S급을 그냥 가지고 놀았어."

"우리가 아는 그 C등급이 아닐지도······."

"그래. 우리가 모르는 사이에 새로 생겨난 레전드 위 등급인가 봐."

"우리······. 아무래도 엄청난 회사에 입사한 것 같은데······."

"나, 나도 그렇게 생각해······."

또 다른 곳에서는 연준혁이 혹시 모를 상황에 대비해서 대기시킨 차태성을 불러왔다.

"지금 상황 대충 파악되지? 통제할 수 있겠어?"

"하하, 당연하지요. 주군의 정체가 세상에 알려지지 않도록 해 달라는 말씀이시죠?"

"그래. 그거야."

"그거야 어렵지 않죠. 등급 낮은 각성자들을 세뇌하는 것은 일도 아니니까요."

"그럼 부탁하지."

"부탁이라뇨. 형님도 참. 주군을 위해서 당연히 해야 할 일입니다."

차태성은 연준혁을 바라보며 웃었고 연준혁 역시 미소를 지었다.

"자, 그럼 시작하자."

"네!"

영웅이 마사오와 대화를 나누고 있을 무렵 연준혁과 차태성은 그곳에 있는 사람들에게 이곳에서 있었던 일들을 잊게끔 환술을 걸었다.

이어 연준혁은 영웅에게 팔다리가 부러져서 신음하고 있는 각성자들을 한곳에 모았다.

그 장면이 마사오의 눈에 들어갔고 마사오는 느꼈다.

'저자는 단순한 짐꾼 회사 사장이 아니다! 저, 저 정도 광역 환술을 쓰는 능력자가 이자를 위해 무언가를 하고 있다. 거기에 나와 같은 S급 각성자들을 아이 다루듯이 다루는 자까지. 비록 부상을 당했다지만, 저렇게 쉽게 제압하다니…… . 저렇게 강한 자와 저런 엄청난 능력을 지닌 자가 수하라면…… .'

마사오는 영웅을 바라보며 생각했다.

'하, 한국은 세, 세상을 속이고 있었어.'

지금까지 한국이 세계에서 어떤 위치던가.

성장 가능성은 있지만 아직은 부족한 나라로 분류되고 있었다.

그랬기에 다른 강국들이 한국은 딱히 눈여겨보지 않았다.

마사오 역시 그렇게 생각했다.

한국은 그저 그런 나라라고.

그런 나라에서 어느 날 레전드 등급이 한 명도 아니고 두 명이나 나왔다는 소식을 접했다.

믿기지 않았다.

일본의 언론들은 있을 수 없는 일이라며 연일 이 사실에 대해 보도를 했고, 한국을 까 내리기 바빴다.

마사오 역시 언론과 일본 각성자 협회에서 내놓은 정보를 믿었고 한국을 비난했다.

일본 언론에서는 한국이 비열한 방법으로 레전드 등급을 차지했다고 했고, 레전드급 각성자인 남궁성이 레전드 시험을 봤던 둘에게 말하는 영상을 증거로 채택하며 연신 떠들어 댔다.

그 동영상에서는 남궁성이 두 사람이 레전드 등급인 것을 인정하지 못한다고 확실하게 말하고 있었다.

이것은 남궁성이 영웅을 만나기 전의 영상이었고 영웅에게 교육을 받고 난 뒤에 다시 정정했었다.

하지만 그 영상은 쏙 빼놓고 저 영상이 진실인 것처럼 보도한 것이다.

의외로 폐쇄적인 일본은 그 사실을 믿었고 사람들은 한국을 비난했다.

깨어 있는 일본인들이 진실을 찾아 사람들에게 알리려 했지만, 그것은 일본 정부에 의해 방해를 받았다.

이 때문에 아직도 일본은 한국에서 나온 레전드 등급이 사기라고 알고 있었고 마사오도 그중 하나였다.

하지만 지금 보니 사기가 아닐 것이라는 느낌이 들었다.

심지어 이자는 그 동영상에 나오는 한국인도 아니었다.

'속인 것은 한국이 아니라……. 우리 쪽인가? 한국에게 밀려나는 것이 두려운 나머지 거짓 정보를 퍼트린 것인가?'

마사오는 혼란스러웠다.

믿었던 조국과 충성을 다하던 길드에 배신을 당한 기분이었다.

그때 뒤쪽에서 소란스러운 소리가 들려왔다.

"서둘러!"

"다 왔다! 저기다!"

시끄러운 소리의 정체는 바로 인벤 길드의 정예들이 등장하는 소리였다.

이곳에 비상이 걸렸다는 소리에 다급하게 달려온 것이다.

그들이 도착해서 본 풍경은 사방에서 신음을 내며 끙끙거리고 있는 자기 길드의 각성자들이었다.

"뭐야? 놈들은? 도망갔나?"

쓰러져 있는 사람들만 있고 이들을 이렇게 만들었을 것 같은 집단이 보이지 않자 두리번거리며 중얼거렸다.

"저희 길드 사람 외에 다른 이들은 보이지 않습니다! 아무래도 빠르게 치고 떠난 것 같습니다."

옆에 있던 수하의 말에 선두에 있던 남자가 고개를 끄덕이며 주변을 돌아봤다.

이렇게 생각하는 이유는 이곳에서 이것을 지켜보던 짐꾼들과 사람들은 차태성이 현혹을 걸어 다른 곳으로 모두 이동시켰기 때문이었다.

그 때문에 이곳은 인벤 길드 사람들만 남아 있었고 인벤 길드의 각성자들은 이미 싸움이 끝나고 이 모든 일의 원흉들이 사라졌다고 추측한 것이다.

"정확한 상황을 알아야겠군. 너희는 주변을 탐색해! 혹시라도 이상한 움직임이 보이면 바로 대응하고."

"네!"

"나는 이곳에 남아 상황을 점검하겠다. 자! 빨리빨리 움직여!"

가장 선두에 있던 남자는 자신과 같이 온 사람들에게 주변 탐색을 지시했다.

이곳의 지부장을 찾으려 두리번거리던 그는, 이내 이곳 지부장인 마사오를 발견했다.

"뭐야? 거기에 있었나? 대답을 왜 안 해?"

남자의 말에 마사오는 어찌해야 할지 갈피를 못 잡고 눈만 이리저리 돌리고 있었다.

　　"뭐야? 그 앞에 있는 놈은? 왜 대답을 안 해? 상황은 또 왜 이렇고?"

다음 권으로 이어집니다

사령왕 카르나크

임경배 판타지 장편소설

『권왕전생』『이계 검왕 생존기』의 작가 임경배 신작!
죽음의 지배자, 사령왕 카르나크의 회귀 개과천선(?)기!

세계를 발밑에 둔 지 어언 100년
욕망도 감각도 없이 무심히 흘러가는 세월 속에서
결국 최후의 수단으로 회귀를 결심한 사령왕 카르나크!

충성스러운 심복, 데스 나이트 바로스와 함께
막 사령술에 입문한 때로 회귀하는 데 성공!
한 맺힌 먹방을 만끽하는 것도 잠시
뭔가 세상이…… 내가 알던 것과 좀 다르다?

세계의 절대 악은 아직 아무 짓도 하지 않았는데
멸망을 향해 미친 듯이 달려가는 이 세상
저 악의 축들을 저지해야 한다,
인간답게(!) 잘 먹고 잘 살기 위해서는!

공정거래위원회

현우 현대 판타지 장편소설

중소기업 후려치던 인간 탈곡기
공정거래위원회 팀장이 되다!

인간을 로봇 다루듯 쥐어짜며
갑질로 무장한 채 한명그룹에 충성을 바쳤지만
토사구팽에 교통사고까지 난 성균
깨어나 보니 다른 사람의 몸이다?

새로운 몸으로 눈을 뜨고 나자
비로소 갑질당한 그들의 눈물이 보이는데……
이번 생엔 그 죄를 참회할 수 있을까?

죽음의 문턱에서 얻은 두 번째 삶!
대기업의 그깟 꼼수, 내 눈엔 다 보여!

꿈의 도약, 로크에서 하십시오
(주)로크미디어에서 신인 작가를 모십니다

즐거운 세상, 로크미디어는 꿈을 사랑하고 도전을 두려워하지 않는 작가 분들의 참신한 작품을 기다리고 있습니다. 21세기 장르 문학계를 이끌어 갈 차세대 선두 주자 (주)로크미디어에서 여러분의 나래를 활짝 펴 보시길 바랍니다.

모집 분야 판타지와 무협을 포함한 장르 문학
모집 대상 아마추어 작가, 인터넷 작가
모집 기한 수시 모집
　　작품 접수 시 유의 사항
　　　　1. 파일명은 작가명_작품명.hwp형식을 갖춰 주십시오.
　　　　1. 파일에 들어갈 내용은 다음과 같습니다.
　　　　　　― 성명(필명인 경우 실명을 밝혀 주세요), 연락처, 이메일 주소
　　　　　　― 제목, 기획 의도
　　　　　　― A4용지 1장 분량의 등장인물 소개
　　　　　　― A4용지 2장 분량의 전체 줄거리
　　　　　　― 본문
　　　　1. 작품이 인터넷에 연재되고 있다면, 게시판명과 사이트의 구체적이고
　　　　　　정확한 주소를 기재해 주십시오.

선택된 작품은 정식 계약 후 출판물로 간행되어 전국 서점에 유통됩니다.
작가 분은 (주)로크미디어의 전폭적인 지원하에 전속 작가로 활동하시게 됩니다.
※ 자세한 내용은 로크미디어 홈페이지(rokmedia.com)를 참조하세요.

(04167)서울시 마포구 마포대로 45 일진빌딩 6층
(주)로크미디어 편집부 신간 기획 담당자 앞
전화 : 02) 3273-5135
www.rokmedia.com　　이메일 : rokmedia@empas.com